KB153546

새로운 어린이가 온다

어린이를 사랑하는 사람들에게

교사와 학부모가 알아야 할 디지털 시대 어린이의 발견

새로운
어린이가
온다

시작하며

며칠 전 아이들을 가르치는 선생님들과 절두산 성지까지 걸으며 이야기를 나누었다. 요즘 교육 현장에서는 많은 선생님들이 일찌감치 명퇴 신청을 내고 학교를 떠난다고 하였다. 여러 가지 사정들이 있겠지만 하나 분명한 건 아이들과 소통하기가 너무 힘들어서 학교를 떠나는 경우가 많을 것이다.

지금 아이들은 그야말로 SF·판타지 시대 아이들이라 할 수 있다. 디지털 시대의 대세가 된 SF·판타지 세계에서 태어나서 이 세계를 당연한 또 하나의 현실 공간으로 받아들이는, 말 그대로 SF·판타지 세계의 원주민들이다. 이 원주민들이 쓰는 언어와 사고 체계는 기존의 근면 성실과, 하나의 답을 찾아내야 하는 주입식 교육을 받은 어른들과는 분명 다를 것이다.

우리 시대는 지금 SF·판타지 세계로 빠르게 진입해 가고 있다. 리얼리즘과 SF·판타지의 경계가 허물어져 버렸다. 리얼한 현실의 층위가 점점 더 확장되고 깊어져서 눈에 보이지는 않지만 느낄 수는 있었던 현실의 작은 틈새 공간으로 이야기꾼과 디지털 기기들이 들어가 그 공간을 눈에 보이게 그려 주고 있는 것이다.

디지털 시대 원주민인 아이들이 바로 '새로운 어린이'들이다. 새로운 어린이들은 이미 이 세상에 예전부터 와 있었고, 지금도 곳곳에서 태어나고 있다.

이 책은 학교 현장에 있는 교사나 학부모들이 디지털 시대 원주민인 아이들과 소통을 하는데, 도움이 되었으면 하는 바람으로 쓰게 되었다. 교사나 학부모들도 편하게 읽을 수 있도록 나로서는 최선을 다해 문장의 리듬과 감정의 호흡을 생각하며 써 보았다. 중간 중간 조금 힘든 이야기가 나오더라도 아이들 교육을 생각하며 끝까지 읽어 주시면 감사하겠다.

그 어떤 상황이 와도 변치 않는 진실, 한 가지는 있다. 아이들이 희망이다. 부디 이 책이 아이들과 어른이 경계를 허물고 서로 내면을 나누며 소통하는데 조금이라도 도움이 되기를 기대해 본다.

차례

1장

디지털 시대 아이들은
이미지 언어로 소통한다

『아이들은 이야기 밥을 먹는다』란 책을 내고 한동안 글쓰기 판을 떠나 있었다. 급격하게 건강이 악화되어, 문학 관련 모든 책들을 내가 아는 단체에 기부하고 숲속 마을로 들어가 활자와 담을 쌓고 몇 년을 살아 보았다. 그때 나는 매우 신비한 몇 가지 체험을 할 수 있었다.

책이라곤 없는 텅 빈 방에서 지낼 때, 흥미롭게도 내 몸에는 두 개의 새로운 언어가 찾아왔다. 하나는 꿈의 언어였다. 밤새 꿈을 꾸었다. 홀로 방에 누워 있다가 새벽이면 꿈을 꾸고, 깨어나면 그 꿈을 수첩에 받아 적었다. 죽음을 준비하기 위해 모든 책을 다 버리고 활자에서 해방되어 홀가분한 마음으로 내려간 숲속 마을 창고를 개조해 만든 방에서, 나는 밤마다 내 꿈속에 펼쳐지는 온갖 기이한 꿈의 이미지, 꿈의 언어를 공책에 받아 적었다.

이불을 뒤집어쓰고 어떤 때는 떨리는 마음으로, 어떤 때는 눈물 나는 마음으로, 어떤 때는 안타까운 마음으로 꿈의 언어, 꿈의 이미지들을 글로 옮겼다. 내가 꿈을 적는 그 시간만이 당시 나에게는 살아 있는 시간이었다. 몸이 거의 말을 듣지 않는 상황에서 내가 정신 줄을 놓지 않고 무의식과 의식이 서로 문을 열고 즐겁게 소통하며 대화를 나누는 시간이 바로 꿈을 적는 시간이었다.

숲속 마을로 내려오기 전에 판타지 공부를 위해 꿈 적기를 한 적이 있었다. 연구와 공부를 위해서 꿈을 적었지, 정작 이 꿈이 내 삶에 어떤 의미가 있는지 잘 알지 못한 상태였다. 내가 몸이 완전히 망가져서 이제는 무의식이 어둠의 영역, 밤의 언어 쪽으로 점점 자리를 옮겨갈 때, 꿈은 계속 꾸어지면서 이 꿈을 언어로 기록하라고 나를 부추겼다. 꿈을 옮겨 적는 시간만큼은 그 누구보다도 열정을 가진 창작자의 자리에 서 있을 수 있었다. 정신 줄을 놓지 말라고, 꿈은 끊임없이 무수한 이미지를 창출하여 나에게 "날 좀 적어 봐, 내 소리를 들어 봐, 아직 넌 살 수 있어." 하면서 현실로 내 몸을 자꾸만 밀어냈던 것이다.

이때 나는 이 꿈과 관련하여 조금 종류가 다른 체험을 또 하나 할 수 있었다. 책과 완전히 인연을 끊은 상태에서 일상의 시간을 보낼 때 나에게 찾아오는 언어는 오직 '이미지 언어'가 전부였다. 진료를 받기 위해 병원 복도에서 순번을 기다리며 앉아 있을 때 흥미롭게도 나는 평생 해 보지 않았던 그림을 그리고 있었다. 아동문학 공부를 해 왔기 때문에 나는 그림책을 많이 보아 왔다. 그림책을 읽고 본 기억의 잔상들이 더해져서, 수첩에 꿈에서 본 온갖 기이한 이미지들을 내식대로 그렸다. 활자를 읽을 때는 머리가 곤두서고 금방 묵직해지면서 온몸이 경직되어 왔는데, 빈 종이에 꿈속에서 본 이미지들을 어린애처럼 그리고 나 혼자 웃고 지우고 다시 그리고 하다보면 금세 복도에 늘어서 있던 사람들이 줄어들고 내 진료 차례가 돌아왔다.

나는 초등학교 3학년 때 미술 시간에 그림을 그렸던 기억을 빼고는 그림을 그려 본 적이 없다. 그때 그림을 망쳤다고 생각하며 쓰레기통에 버리고 나가서 놀고 있는데, 선생님이 그 그림을 챙겨서 아주 잘 그렸다고, 칭찬해 주었던 기억이 어렴풋하게 남아 있다. 이 기억이 그림하고 만났던 인연의 전부이다.

그런데 도대체 왜 죽음을 준비하러 간 그 시간에 내가 경험해 보지 못하였던 꿈의 언어, 이미지의 언어가 찾아왔던 것일까? 지금도 내게는 아주 큰 의문이다. 그 죽음의 시간에서 용케 벗어나 다시 도시의 삶을 살아가면서도 이 궁금증은 여전히 가시지 않고 남아 있다.

요즘 아이들을 디지털 시대 원주민들이라 부른다. 이 아이들은 디지털 세계의 본질인 가상 세계, 이미지 기호 세계를 있는 그대로의 자연, 있는 그대로의 현실 세계로 받아들이며 살아간다. 당연히 이 디지털 시대 원주민들과 이전 세대들 사이에는 세상과 관계 맺고, 세상을 읽는 사고 체계가 분명 다를 것이다.

뇌스틀링거가 들려주는 아래 말은 아이를 키우는 사람들은 몇 번이고 되풀이해서 마음에 새겨두면 좋겠다. 나도 이 문장은 외울 정도로 여러 번 읽어 보았다.

그녀(뇌스틸링거)는 어른이든 아이든 상관없이 독서 능력 저하라는, 곧 머릿속에서 그림을 만드는 능력이 떨어진다는 엄청난 문제에 주목한다.

이러한 현상이 일어난 까닭은 아마도 매체가 점점 더 시각화되기 때문일 것이다. 시각적인 매체는 더 이상 사람들에게 어떤 종류의 상상력도 요구하지 않는다. 그저 완성된 그림을 편안하게 실어 나른다. 그녀는 이러한 딜레마에서 벗어나는 길은 막연한 독서 장려가 아니라, 머릿속으로 그림을 그릴 수 있는 능동적인 독자가 되도록 장려하는 것임에 주목한다. '독자 장려'의 한 방법으로 크리스티네 뇌스틀링거는 '끊임없이 TV 보기'에서 벗어날 수 있도록 학교가 대안을 제공하라고 권한다.

"독서 능력 저하는 상상력의 부재에 있다고 생각해요. 읽은 단어가 정확하게 머릿속에서 연상되지 않는 거죠. 그림이 언어를 지배하는 시대에 살고 있기 때문에 그런 게 거의 확실해요. 여가 시간에 수많은 그림들을, 특히 움직이는 화면들을 받아들이는 일은 아주 편리한 오락의 한 방식이에요. 그리고 자주, 오랫동안 이러한 오락에 젖어 들면 텍스트를 머릿속에서 '생생하게' 그려 내는 능력은 녹이 슬지요." (『크리스티네 뇌스틀링거』, 73~74쪽)

'그림이 언어를 지배하는 시대'에 살고 있다. 이 말이 가슴을 탕하고 친다. 아이들을 키우고, 교육하는 사람들 모두가 관심을 기울여야만 하는 핵심 열쇠 말이다. 그림도 당연히 중요하다. 그러나 매사 지나칠 때 문제가 일어난다.

디지털 기기에서 쏟아져 나오는 이미지는 너무나 강렬하다. 좀 비유적으로 말하면 아이들의 오감을 꼼짝 못하게 사로잡아 버린다고 봐도 좋겠다. 여기에 빠지면 헤어 나오기가 쉽지 않다. 어릴수록 디지털 기기에서 나오는 다량의 이미지 기호 요소들은 아이들의 인지구조를 완전히 장악해 버려 일상생활의 평범한 사물 이미지들에는 무관심하거나 무감각한 아이들로 만들 위험성이 있다. 강력한 자극에 길들여진 아이는 섬세하고 미세한 수많은 존재들이 내는 소리와 색의 떨림들을 이해하고, 감각이 같이 반응하며 공명하기가 쉽지 않게 되는 것이다.

그렇다면 디지털 기기에서 나오는 강력한 이미지에 빠져 살며 인지구조에 심각한 상처를 입을 수밖에 없는 상황에 처해 있는 아이들을 위해 어른들은 어떤 교육을 해야 하는가? 이건 매우 중요한 문제이다. 디지털 기기가 지배하는 세상을 되돌릴 수는 없다. 또 디지털 기기 자체의 문제만도 아니다. 그 어떤 문명의 이기든지 어떻게 사용하느냐에 따라서 선도 되고 악도 될 것이다.

학부모 강연을 하면 예전이나 지금이나 어떻게 하면 아이들에게 책을 읽힐 수 있느냐는 질문을 받는다. 예전에는 "아이들이 책을 읽기 싫어하면 굳이 책을 읽힐 필요가 있느냐, 아이들이 즐거워하는 일을 먼저 하게 하고 그렇게 스스로 자신을 즐겨 본 아이들은 몸의 에너지가 좋기 때문에 필요하다고 생각할 때, 폭발적으로 책을 읽을 것이다." 이런 말을 자주 했다.

그런데 지금은 사정이 달라졌다. 아이들에게 책을 읽게 하는 일이 단순히 지식의 양을 늘리는 문제가 아니라, 생존의 문제로 변해 버린 것이다. 아이들이 좀 더 섬세하게 감각을 동원하여 마음을 나누는 대화를 나눌 수 있으려면 디지털 기기에서 나오는 이미지 세계에 길들여지기 이전에 스스로 몸의 감각을 깨우고, 그걸 자기 언어로 표현하는 언어 인지 능력이 활성화되어야 한다. 그래야 디지털 기기에서 나오는 이미지 세계를 자신 몸에 받아들여 그 이미지를 다시 재해석하여 자신의 언어로 재생산해 낼 수 있다.

디지털 이미지가 대세를 이어갈수록, 머릿속에 그림을 그려 내는 문학의 의미가 오히려 더 필요한 시대가 되었다. 언어 이미지는 밖에서 주어지는 영역이 아니다. 마치 밤새 꿈을 꾸고, 꿈 이미지를 언어로 받아 적는 행위와 같다.

작가가 작품을 쓸 때 머릿속에서 화면이 돌아간다. 그 머릿속에서 돌아가는 내적인 이미지를 작가는 언어로 받아 적는다. 꿈 이미지를 언어로 받아 적는 행위와 크게 다르지 않다. 독자가 작품을 읽을 때는 이 반대 현상이 일어난다. 언어로 이루어지는 작품을 읽으면서, 독자의 머릿속에서는 장면 장면이 그림처럼 흘러가는 것이다. 그래서 작품을 읽는 행위는 매우 적극적인 의미가 있다. 겉으로 보면 조용히 책을 읽는 정적인 모습으로 보이지만, 책은 읽는 독자의 마음속에서는 매우 능동적인 장면 연출이 펼쳐지고 있는 것이다.

가장 안타까운 일은 세상에 태어난 지 얼마 안 되는 아이들에게 부모들이 시도 때도 없이 디지털 영상물을 보게 하는 것이다. 아이들이 너무 일찍 디지털 이미지의 세례를 받을 때 생기는 인지구조의 문제는 심각하게 생각해 봐야 한다.

이름난 예술가들, 애니메이션이나 영화를 만드는 사람들에게 물어봐도 어릴 때는 먼저 책을 읽히고, 그다음에 애니메이션을 보게 하란다. 세계적으로 유명한 영화감독들도 어릴 때에는 책을 많이 읽으면서, 디지털 이미지의 세계를 같이 즐긴 것이지, 디지털 이미지의 세계에만 빠져서 책과 먼 생활을 하지는 않았다는 것이다.

요즘은 방송 드라마나 영화만 봐도 판타지물이 많고, 이런 판타지물이 천만 관객이 넘게 보는 대중들의 장르가 되었다. 그야말로 SF·판타지 시대가 도래하였다.

불과 얼마 전까지만 해도 판타지나 SF는 현실 도피의 문학이라고 폄하하곤 하였는데, 어떻게 몇 년 사이 급격하게 사람들의 시각이 바뀔 수 있었을까?

판타지 작가로 유명한 톨킨은 판타지의 세계는 '보이지는 않지만 느낄 수는 있는 세계'라고 하였다. 눈에 보이는 것은 쉽게 믿는다. 그런데 보이지 않는 세계를 느껴서 알아보기란 쉽지가 않다. 우리 언어는 이런 점에서 판타지 세계를 아주 멋지게 표현한다. 느껴 본다, 먹어 본다, 맛본다. 이런 식으로 오감으로 느껴야 하는 세계를 '본다'는 말로 표현하였다.

불과 몇 년 사이에 SF·판타지 장르를 대중들이 즐겨 보게 된 데는 디지털 기기의 발전이 한 몫을 하였을 것이다. 예전에는 아주 섬세하게 감각적인 사람들만이 판타지 세계에 들어가 '느껴 볼' 수 있었다. 그런데 이제는 디지털 영상 매체 기술이 판타지 세계를 직접 '보게' 해 준다. 그야말로 강력한 디지털 이미지의 세계가 일반 대중들의 인지구조, 사고 체계에 엄청난 영향을 미친 것이다.

건강이 악화되어 도시에서는 살아가기가 힘들어 숲속으로 들어가 살았으면 하고 머물 장소를 찾고 있을 때였다. 그때 명리학 하는 분을 만나 물어 보았다. 내가 몸이 안 좋아 숲으로 들어가 한번 살아 보려는데 어떻게 생각하느냐고.

시대가 많이 바뀌어서 요즘은 명리학 공부하는 사람들을 비과학이니 하면서 몰아치지 않고 음양오행 사상이 바탕이 된 명리학을 학문의 영역으로 인정하면서 즐기는 사람들이 점점 늘어가고 있다. 역시 이것도 SF·판타지 세계로 넘어가면서 사람들이 인식 능력이나 사고 체계가 훨씬 깊어져서 주술적인 사유 체계가 레비스트로스가 말하듯이 비과학이 아니라 오히려 철저히 과학적인 사유를 바탕으로 한 '과학의 은유'의 세계란 사실을 알고 삶을 통찰하는 놀이로 받아들이고 있기 때문일 것이다.

그 명리학자에게 내가 처한 삶의 문제를 물어보았더니 내 사주를 먼저 확인하고 나서 이런 처방을 내려주었다. 내 몸이 아주 허약한 상태인데 산속의 숲 안은 음기가 많이 작동하는 곳이니, 가뜩이나 양의 기운이 부족한 사람이 그런 산에 들어가면 음습한 산적 떼를 만나는 것과 똑같은 상황에 처할 수도 있는데, 어떻게 그걸 혼자서 감당하려 하느냐고 하였다. 그래도 정 가고 싶다면 처음 그 집에 들어갈 때 빨간 내복을 가져가서 그걸 꼭 입고, 전깃불도 가능하면 며칠만이라도 환하게 켜 놓고 생활을 하라고 하였다.

지인의 도움으로 숲속 마을에 창고를 개조해 놓은 원룸 형태의 방이 있다고 해서 무조건 계약을 하였다. 여름에 입주했는데, 어느 해 보다 비가 많이 내려서 새로 개조한 방은 습기가 가득하였다. 건축을 하는 전문가가 바닥 미장을 한 것이 아니라서 방바닥은 울퉁불퉁한데 아직 덜 굳어서 그런지, 습기를 머금어서 그런지, 바닥을 밟으면 물이 장판에 올라와 발자국이 찍혔다. 물위를 걷는 느낌이었다.

방바닥에 습기가 많아서 도저히 잘 수가 없어 기다란 책상을 나란히 이어 그 위에 이불을 깔고 잠을 잘 수밖에 없었다. 책상 위에서 잠을 자는데, 명리학자가 들려준 말이 생각났다. 가뜩이나 습하게 기운이 가라앉은 방에서 마음마저 더욱더 가라앉아 물속으로 들어가 누워 있는 기분이 드는 데, 문득 빨간 내복을 입고 앉아 있으란 말이 떠오른 것이다.

처음 명리학자의 말을 듣고, 이사할 때 빨간 내복이 없어서 친구의 내복을 빌려 가지고 왔다. 잠도 오지 않아 이삿짐 속에서 빨간 내복을 꺼내 보았다. 빨간 내복은 묘하게 마음과 몸이 착 가라앉은 사람에게 모습 자체가 웃음을 불러 일으켰다. 내가 이것을 입는다고 생각하니 더욱 우스운 느낌이 들었다.

목둘레에 꽃무늬가 새겨져 있는 윗도리를 먼저 입어 보았다. 여름에 겨울 내복을 입은 모습도 그렇지만, 여성용이라 옷이 작아 몸에 겨우 들어가고 팔도 거의 팔꿈치 쪽으로 껑충하게 올라가 있었다. 거울을 보았다. 내가 평생에 해보지 않았던 경험이었다. 빨간 여성용 내복 윗도리를 입고 껑충하게 서 있는 늙은 남자의 얼굴이 매우 초라하고 썰렁하고 우울해 보였는데, 그런데 보면 볼수록 거울에 비친 내 모습에서 빨간 내복은 이상하리만치 밝은 에너지를 올려 보내 주었다. 우울했던 얼굴에 드리워졌던 그림자와 주름이 조금씩 사라지고 펴지고 하면서 굳어 있던 얼굴에 생기가 반짝하고 돌아왔다.

처음에는 빨간 내복을 입는 것에 거부감이 들기도 했지만, 윗도리를 입고 나니 아무런 저항도 없이 자연스럽게 바지를 입게 되었다. 이러한 행위는 하나의 놀이였다.

나는 이때 처음 알았다. 내가 지금 빨간 내복을 입고 있는 이 행위 자체가 하나의 제의이고 의례이고 문학예술 행위라는 것을. 물에 젖을 정도로 습기가 찬 방바닥 기차 책상 위에 여성용 빨간 내복을 입고 앉아 있는 내 모습은 볼수록 내가 경험해 보지 못한 광대의 모습이었다.

나중에 레비스트로스의 『야생의 사고』를 읽다가 그때 나는 바로 '신화'와 '의례' 이 두 가지를 동시에 즐겼구나 하는 생각이 들었다. 이건 내게 아주 작지만 매우 큰 경험이고 깨우침이었다.

'폐쇄성 폐질환과 불면증과 신경성 장염을 달고 살면서 먹으면 화장실에 달려가 배설을 하기 일쑤인 존재가 산속 마을로 치료를 위해 들어갈 때에는 여성의 빨간 내복을 가지고 가라.'

명리학자가 들려준 이 말은 내게는 하나의 신화적인 주문과 같았고, 스토리텔링이었던 것이다.

의례는 신화를 실제 몸으로 살아 보는 놀이다. 경건하면서도 유머러스한 놀이다. 빨간 내복을 입고 기차 책상에 앉아 명상하는 자세로 거울을 마주하며 내 모습을 살펴본 그 행위는 하나의 예술적인 퍼포먼스였으며 연기였던 것이다.

레비스트로스는 '인간의 신화 조작 기능의 산물인 신화와 의례가 그동안 주장하였듯이 현실에 등을 돌리고 있는 것은 결코 아니다.'라고 말한다. 그렇다. 분명 저 명리학자(주술사)가 내게 들려준 신화는 결코 나의 현실에 등을 돌리고 나온 그저 나와는 아무 상관이 없는 관념이 아니었다.

레비스트로스는 신화와 의례의 '주요 가치는 어떤 유형의 발견에 적합했던 (현재에도 물론 적합한) 관찰과 사고의 양식을 잔존 형태로 오늘날까지 보존해 온 데 있는 것이다.'라면서 이런 말을 더 들려준다.

이텔렘과 야쿠드족은 불임증에 거미와 흰 구더기를 먹고, 오세테족은 광견병에 검은 투구풍뎅이 기름을, 러시아의 수르구투족은 종기와 탈장에 으깬 바퀴벌레와 닭 쓸개를, 야쿠트족은 류머티즘에 침담근 지렁이를, 부리아트족은 눈병에 곤들메기의 쓸개를, 시베리아 러시아인은 간질과 만병통치에 생미꾸라지와 가재를 복용한다. 야쿠트족은 치통이 있을 때 딱따구리 주둥이와 접촉하고, 연주창엔 딱따구리 피를 마시고, 고열이 날 땐 바짝 말린 딱따구리 가루를 코로 들이마시며 결핵엔 쿡챠새의 알을 통째로 먹는다. (『야생의 사고』, 60쪽)

치통이 있을 때 딱따구리 주둥이와 접촉을 한다거나 하는 이러한 행위들도 레비스트로스는 하나의 과학이라고 단정하면서, "이러한 종류의 과학은 별로 실제적인 효과가 없다고 반론이 나올 수도 있다. 그러나 정확히 말하자면 그 과학의 최우선의 목적은 실용적인 것이 아니다. 그 과학은 인간의 필요를 충족시키기에 앞서 또는 그 대신에 지적욕구를 충족시키는 것이다. 중요한 것은 딱따구리 주둥이와의 접촉이 실제로 치통을 치유하느냐 하는 것이 아니라 딱따구리의 주둥이와 인간의 치아를 하나로 묶을 수 있는가의 관점이며 이와 같이 짝지음으로써 우주에 대하여 어떤 원초적인 질서를 부여할 수 있을 것인가 하는 점이다."(『야생의 사고』, 61쪽)라고 말한다.

사실 내가 저 시베리아 부족의 일원으로 살아 보지 않아서, 저들의 민족지학이나 우주관을 모르기 때문에, 저들이 하나로 묶어 냈다는 병과 약용 생물 사이의 관계가 어떤 관찰과 사고의 양식 체계에서 나온 우주의 원초적인 질서를 다시 회복하고 부여하려는 노력이었는지는 잘 모르겠다.

그런데 시베리아 부족이 즐겼던 신화와 의례 방식과 명리학자가 내게 준 신화와 의례는 그 방식에서는 유사하기 때문에 유추해서 생각해 볼 수는 있을 것 같다.

저 명리학자는 왜 내게 빨간 내복을 입으라고 하였을까. 여기에는 어떤 관찰과 사고의 양식 체계가 있었기에 그런 스토리텔링을 내게 해 준 것일까?

음양오행 사상의 자리에서 볼 때 나는 천성이 불 사람(병화)으로 태어났는데, 태어난 계절은 겨울(자수)이다. 추운 겨울에 태어났으니 불 사람으로 살아가기에 겨울이 쉽지 않은 것이다. 그래서 명리학자(주술사)는 내가 가뜩이나 몸도 약한 상태이니 태어난 천성을 돕기 위해서 불을 상징하는 빨간 내복을 입게 한 것이 아닐까. 추운 겨울에 맞설 수 있는 불의 에너지를 더욱 강화시키기 위해서.

빨간 내복과 내 몸의 병을 하나로 묶는 이런 행위는 사실 완전히 과학적인 근거가 없다고도 볼 수는 없을 것이다. 일부는 과학적이면서, 일부는 과학의 은유를 사용하였는데, 이 은유의 영역이 바로 주술의 영역이고, 이 주술의 영역이 바로 문학예술의 행위와 아주 유사한 면이 있는 것이다.

그럼 여기서 한 편의 시를 감상해 보자.

내가 시간에 쫓겨 헐레벌떡 열차에 뛰어 올랐을 때
내 옆자리 창가에
눈사람이 앉아 있었다.
찌는 듯한 한여름인데도 눈사람은 더워 보이지 않았다.

겨울에 보았던 모습 그대로
털모자를 쓰고 목도리를 두르고 있었다
땀도 흘리지 않았다

눈사람의 모습은 뭐랄까,
기나긴 겨울전쟁에서 패하고
간신히 그의 고향으로 돌아가는
상이군인 같았다
어느 해 겨울 선거에 패하고 흰 붕대를 하고 다닌 사람들
모습의

눈사람은 나를 향해 한 번 희미하게 웃는 듯했다
찌는 듯 더위도
그의 흰 피가 흘러내려
의자의 시트를 더럽히지는 않을 거라고 말하는 것 같았다

그 이상 우리는 서로 말이 없었다
열차는 한여름 밤
자정을 향해 끝없이 달렸다

얼마쯤 달렸을까 깜빡 졸다 깨어보니

옆자리는 비어 있었다

그는 어디쯤에서 내린 걸까

털모자나 목도리 하나 남겨두지 않고

(송찬호, 「눈사람」, 『분홍 나막신』, 16~17쪽)

실제 시인이 어떤 과정을 거쳐서 이 시를 쓰게 되었는지는 모른다. 나는 독자의 자리에서 이렇게 생각해 본다.

어느 날 시인이 정말 시간에 쫓겨 헐레벌떡 간신히 기차에 탄 적이 있었을 것이다. 그때 옆자리 창가에 한 남자가 앉아 있었는데, 시인의 눈에는 어둡고 무언가 고통스러운 얼굴에 얼음처럼 차갑게 몸이 굳어 있는 모습을 보고, 아, 이 사람은 꼭 눈사람 같다고 생각하지 않았을까. 이런 직감이 머리를 스치고 지나가지 않았을까.

그래서 시인은 그 자리에서 그 남자를 눈사람과 동일시해서, 신화적인 사고 체계로 말하면 남자와 눈사람을 하나로 묶어서, 남자가 눈사람으로 변신 마법을 부려서, 시인은 이렇게 첫 구절을 쓸 수 있지 않았을까.

내가 시간에 쫓겨 헐레벌떡 열차에 뛰어 올랐을 때

내 옆자리 창가에

눈사람이 앉아 있었다.

이제는 남자는 보이지 않고 눈사람이 남자의 존재 자리를 차지하고 옆자리 창가에 앉아 있다. 남자가 눈사람 이미지로 변한 데에는 어떠한 과학적인 이성의 논리가 작동했다고 보기는 어렵고 증명해 내기도 힘들 것이다. 그러나 감각의 논리로 보았을 때 남자가 눈사람으로 보이는 데는, 변화하는 데는, 둘을 하나로 묶는 데에는 그만한 충분한 이유가 있어 보인다.

시를 전체적으로 다 읽고 나면 눈사람으로 변할 수도 있겠다 싶은 남자(눈사람)가 살아가는 곳에는 무언가 크게 세상의 질서가, 우주의 질서가 깨어져 있는 듯이 보인다.

우주의 질서를 회복하고 싶은 시인(주술사)의 관찰과 사고의 양식에서 저러한 시적인 이미지 언어들이 주술처럼 내면에서 넘쳐 나온 것이 아닐까.

남자를 눈사람과 하나로 묶어 내는 유사성의 원리에 입각한 사유가 바로 감각의 논리이고 이 감각의 논리가 꼭 비과학적이라고만 볼 수는 없다는 게 레비스트로스의 생각이었다. 비과학적이라기보다는 과학의 또 다른 방법인 과학의 은유를 통해서 더욱 더 삶의 본질을 드러내는 새로운 사유의 놀이라 할 수도 있을 것이다.

SF·판타지 세계는 단순히 현실도피의 세계가 아니다. 바로 저러한 우주의 질서를 다시 회복해 보고 탐구해 보기 위해서 작가가 유사성이나 인접성의 원리에 입각한 주술적 사고를 통해서 창조해 낸 또 하나의 실제 공간이다.

요즘 SF·판타지의 세계에서는 기술공학의 발전에 힘입어 저러한 주술적 사고 체계를 통해, 감각의 논리와 이성의 논리가 통합된 사유 체계를 통해 발견한 세계를 실제 눈에 보이게 제작해 내고 있다.

실제 보여 주고, 그 속에 들어가 놀게 하니, 과학과 주술의 경계가 허물어져 하나로 통합된 것이고, 현실과 환상의 경계가 서로 다르지 않아서 인간과 동물, 인간과 기계, 물질과 비물질의 경계 또한 허물어진 세계 속에서 모든 존재들이 공존하며, 끊임없이 낯선 세계를 탐험하며 그들 SF·판타지 세계의 민족지학 보고서를 써 내고 있는 것이다.

이것이 바로 요즘 아이들이 맞이한 세상의 현주소이다. 교육을 담당하고, 아이들을 키우는 어른들은 어느 쪽에 서야 할 것인가? 이런 SF·판타지 세계로의 이행을 돌이킬 수 없다면 이들이 사는 세계 속으로 들어가 이들과 함께 소통하며 새로운 세계를 어떻게 배치하고 구성하고 즐길 것인가에 대해 훈화하는 자세가 아니라 같이 탐구하는 친구의 자세로 어울리는 언어, 스토리텔링을 구사해야 하지 않을까.

SF·판타지 세계로 들어갈 때 가장 힘든 영역이 바로 주술적 사고를 어떻게 이해해야 하는가 하는 문제이다. 이 글 시작부터 끝까지 아이들을 가르치는 교사나 학부모들은 계속 이 질문을 해 봐야 할 것이다.

이 첫 번째 토론을 통해서 두 가지 문제를 일단 한 번 정리하고 넘어가면 좋겠다.

하나는, 디지털 시대, SF·판타지 시대 원주민인 아이들은 강력한 디지털 이미지에 포획되어 언어 인지 능력이 크게 훼손될 위험에 처해 있다. 이걸 어떻게 보완하고 지켜 주어야 할까? 지금 이곳이 문학을 두고 얘기하는 자리라고 할 때 문학은 어떻게 이 문제에 응답해야 하는가? 이 문제에 대한 답을 찾아가는 것이 이 토론의 핵심이다.

두 번째는, 디지털 시대 원주민인 아이들과 근대교육을 받은 이전 세대 어른들 사이에는 세상을 보는 근본적인 시각 차이가 있을 것이다. 지금 아이들이 발 딛고 있는 이 세상의 매트릭스(구조)는 예전과 다르다. 요즘 아이들은 신화시대의 주술과 SF의 과학이 다시 하나로 접속하여 눈에 보이는 전통 개념의 현실보다 더 넓고 깊은 세계를 탐험하고 있다. 이러한 문명의 이기가 가져온 SF·판타지 시대의 도래는 사유의 확장과 공간의 확장을 가져올 수도 있지만, 잘못하면 아이들이 발 딛고 있는 일상의 타자들과 괴리되어 소통의 단절을 가져올 수도 있을 것이다.

지금 아이들과 소통하는 어른들에게는 주술도 어렵고 과학도 어렵다. 이 둘이 함께 만나 변주해 내는 무수한 SF·판타지의 세계는 더욱 현란하고 복잡해 보이기까지 한다. 그러나 디지털 시대 원주민인 아이들은 이 공간 속에서 많은 시간을 보내고 있다.

이 세상을 돌이킬 수 없다면 어른들이 먼저 언어를 바꾸는 노력을 해야 한다. 그럼 이제부터 SF·판타지 세계의 원주민인 아이들이 즐기는 과학과 기술이 합해서 생겨난 독특한 SF·판타지 이미지 언어의 공간으로 용기를 내서 한 발 더 깊이 들어가 보자. 이 SF·판타지의 세계 속에서 살고 있는 새로운 어린이 캐릭터들을 만날 수 있을 것이다.

2장

아이들에게 불안의식을 강요하는
부정적인 어머니상 뒤집어보기

판타지 창작학교에서 강의를 할 때 늘 레비스트로스가 쓴 『야생의 사고』나 『신화학』을 놓고 토론을 한다.

『신화학』에는 수백 편의 원시 신화 각편이 실려 있다. 이 각편만 읽어도 신화의 재미를 충분히 느낄 수 있다. 원시 신화를 읽다 보면 아하 하는 깨달음이 많이 온다. 옛날이나 지금이나 사람 사는 모습과 고민은 큰 차이가 없다는 것을 알 수 있다. 엄마 아빠 아이로 이어지는 가족주의 삼각형의 구조는 변함이 없다. 이 셋이 서로 맞물려서 대립하고 기대고 하면서 무수한 이야기들이 생겨난다.

엄마가 집착하여 아이와 분리하기 힘든 경우도 있겠지만, 아이가 집착하여 엄마와 분리하기가 힘든 경우도 있다.

신화는 바로 이 부모와 아이의 분리 문제를 가장 중요한 중심 주제로 다루고 있다. 신화를 연구하는 사람들은 부모와 아이가 서로 집착하는 관계를 근친상간 관계라 부른다. 근친상간 관계에 대한 해석은 예전이나 지금이나 존재의 본질을 탐구하는 데 늘 통과해야만 하는 관문인 것이다.

엄마 아빠 아이로 이어지는 삼각관계가 이루어 내는 근친의 관계가 어떻게 작동하는가? 바로 이 문제는 아동문학에서도 가장 큰 탐구 문제이고 대부분 서사는 이 관계 설정의 매개변수에 따라 온갖 이야기가 생겨난다.

그렇기 때문에 세상 모든 이야기의 아버지이자 어머니라 부를 수 있는 신화에서 다루고 있는 가족주의 삼각형에 대한 탐구는 현대 아동청소년 문학 작품은 말할 것도 없고 소설 작품을 이해하는 데 가장 기본이 되는 요소라 하겠다.

레비스트로스가 제시한 가족주의 삼각형의 근친에 관한 문제를 다룬 참조신화 한 편을 도입부만 인용해 본다. 같이 감상해 보자.

아주 오랜 옛날 여자들은 성년식 때 청소년들에게 제공하는 성기 덮개의 재료인 종려나무 잎을 얻으러 숲속에 가곤 했다. 하루는 한 소년이 몰래 어머니 뒤를 따라가서 그녀를 강간해 버렸다. 그녀가 집으로 돌아왔을 때, 남편은 아내의 깃털이 헝클어지고 허리띠에 청소년들이 장식으로 다는 깃털이 꽂혀 있는 것을 알아차리고는 놀랐다. 그는 무슨 일인가 벌어졌음을 짐작하고는 누가 자기 아내와 같은 깃털을 달고 있는지를 알아보기 위해 무도회를 열 것을 명령했다. 그런데 뜻밖에도 그의 아들이 똑같은 것을 달고 있었다. 또다시 무도회를 개최했지만 결과는 마찬가지였다. (『신화학』, 145쪽)

이 신화에서는 소년이 엄마와 떨어지려 하지 않는다. 성년식을 앞둔 소년이 엄마에게 집착을 하고 있다. 신화에서는 소년이 엄마를 강간한 걸로 나온다. 레비스트로스는 '근친상간'의 개념을 '남용'이란 의미로 사용한다. 남용이란 정해진 규정이나 기준을 넘어서 함부로 사용한다는 의미이다. 소년은 엄마를 사랑할 권리가 있는데 그렇다고 엄마 사랑하는 마음을 지나치게 남용해서는 안 되는 것이다.

어린 시기를 거칠 때, 엄마와 아들은 상상적 공동체로 특히 엄마들은 아들을 아주 좋아한다. 간간이 애 키우는 엄마들 얘기를 들어보면, 애가 중학생이 돼서 사춘기가 되고, 몸이 성장해 가는 모습을 보면 아이돌을 보는 것처럼 설렌다고 한다. 설렘은 좋다. 사랑이 있기 때문에 설레는 것이다. 당연히 가족은 서로 사랑해야 한다. 그러나 그 사랑이 사랑을 빌미로 과도한 남용으로 흐를 때 어떤 결과가 벌어지는지에 대한 이야기가 곧 문학의 주제가 된다는 사실을 알아야 한다. 한 존재가 한 존재를 사랑할 때, 대부분 사람들은 저 남용의 단계를 피해갈 수는 없을 것이다.

사랑은 속성상 서로에 대한 남용을 부추기기도 하고, 요구하기도 하고, 범하고 싶기도 하다. 특히 가족 간의 사랑은 더 그렇다. 자칫 하면 가족이란 이유로 과도한 사랑을 합리화하고 당연시하게 된다.

문학 토론을 할 때에도 다들 동의하는 말이 있다. 사실은 서로 가장 상처를 주는 사람이 가족이라는 것이다. 그런데 가족주의 삼각형 내에서 일어나는 사랑의 문제는 무의식이 개입되는 미묘한 문제이기 때문에, 그렇게 단순하지가 않다. 어디까지가 남용이고 어디까지가 사랑인지 판단하기도 힘들다.

그래서 많은 신화들이 일차적으로 이 가족주의 삼각형의 관계를 신화의 주제로 다루는 것이다. 많이 언급한다는 건 그만큼 중요하고 어렵다는 의미이다.

옛날에는 성년식을 치루었다. 『신화학』을 봐도 성년식은 1년 내내 지속하는데, 마을에 초상이 날 때까지 계속된다. 성년식의 마지막 부분은 장례식과 일치하게 된다. 성인 사회로 나가는 출발은 또 다른 의미로는 이전 것의 죽음을 상징한다. 새로워지기 위해서는 죽음의 터널을 통과해야만 하는 것이다.

옛날 성년식 때 어머니들은 아주 슬피 울었다. "마치 사랑하는 사람이 세상을 떠나는 것처럼 소리를 지르며 비통하게 울면서, 성년식을 치르고"(『신화학』, 157쪽) 집으로 돌아온 아들을 맞이하였다. "어머니들은 이 순간부터 아들이 자신의 보호를 벗어나 여성의 사회에서 남성의 사회로 떠나기 때문에"(위 책, 157쪽) 슬피 운 것이다. 눈물은 무의식을 상징한다. 아들을 남성의 사회로 떠나보내는 엄마는 무의식에서 무언가 단절의 아픔을 느꼈을 것이다.

요즘 엄마들도 비록 성년식을 치르지는 않지만 저런 눈물을 무의식의 차원에서는 경험하지 않을까. 엄마들 이야기를 들어보면 아들이 중학생 정도가 되면 엄마에게 스킨십을 "절대 하지 말라."고 거부하기 시작한단다. 이때 한편으론 아들이 컸다는 느낌도 들겠지만, 이젠 아들이 자신의 품을 떠나는 걸 직감하고 속으로는 눈물을 흘리지 않을까 싶다. 가슴 아프지만 아들은 엄마를 떠나야만 한다. 떠나 보내야 하고, 스스로 떠날 수 있어야 한다. 그런데 위 신화에서처럼 떠나지 못하는 경우가 있다. 그 어느 쪽에선가 어느 쪽에 과도한 남용을 부린 결과일 것이다.

저 위에 인용한 첫 참조모델 신화에서도 보면, 아들은 엄마를 과도하게 남용하고 있다. 이 과도한 남용의 결과는 어떻게 되었을까. 아들이 엄마를 과도하게 남용하여 근친상간이 일어나자, 아버지는 아들에게 복수를 하려 한다. 그 결과 아버지와 아들 사이에 치열한 싸움이 벌어졌다. 아버지는 아들에게 복수하려 하였으나 아들은 할머니의 도움을 받으면서 위기를 모면하고, 결국은 아들이 아버지를 죽인다. 나중에 아들은 집으로 돌아와 어머니마저 죽인다.

신화를 감상할 때 이 가족관계와 관련해서 레비스트로스는 우리에게 아주 중요한 한 가지 공부하는 법을 알려준다. 신화의 핵심을 파악하는 한 가지 잣대가 있다. 이 말을 먼저 귀담아 들어볼 필요가 있다.

"가족관계의 과도한 남용은 일반적으로 연결된 요소들을 분리시킨다." (『신화학』, 187쪽)

이 점을 주의 깊게 새기면서 신화 한 편을 더 살펴보자.

아래 신화는 부계 출계 전통을 가진 토바-필라가족의 담배의 기원에 관한 신화이다. 이 신화에서 가족관계를 어떻게 그리고 있는지 살펴보자.

한 여자와 남자가 어느 날 앵무새를 찾으러 나갔다. 남자는 몇 개의 둥지가 있는 나무 위로 기어 올라가서 아내에게 30여 마리의 새끼를 던져 주었다. 남편은 아내가 그것들 모두를 게걸스레 먹어 치우는 것을 알아차렸다. 무서워진 남편은 좀 더 커다란 새를 잡아서 "조심해, 이것은 좀 큰 새야. 날아갈 수 있어!"라고 소리를 치며 아내에게 던졌다.

아내는 새를 쫓아갔고 그는 이때를 틈타 도망쳤다. 남편은 자신도 역시 잡아먹히지 않을까 두려웠기 때문이었다. 그러나 아내는 그를 쫓아왔고 잡아서 죽여 버렸다. 그러고 나서 그의 머리를 잘라 자루 속에 집어넣고는 창자가 터지도록 나머지 몸뚱이를 먹어 치웠다.

마을로 돌아오자 그녀는 목이 말랐다. 좀 멀리 떨어져 있는 샘으로 가기 전에 그녀는 5명의 아이들에게 자루를 만지지 말라고 타일렀다. 그러나 가장 어린 아들이 자루 안을 들여다보았고, 다른 형제에게 그것이 아버지의 머리라는 사실을 알렸다. 이러한 사실을 전해들은 마을 사람들은 놀랐고, 그녀의 아이들을 뺀 다른 주민들은 모두 도망쳐 버렸다. 어머니가 돌아왔을 때, 그녀는 마을이 비어 있다는 사실을 알고 놀랐다. 아이들은 어머니에게 마을 사람들이 자신들을 모욕하고는 떠나 버렸으며, 마을 사람들이 도망간 것은 자신들의 악독함이 부끄러워서였다고 설명했다.

분개한 그녀는 아이들을 위해 복수하기를 원했고, 마을 사람들을 추격했다. 그녀는 그들을 따라잡았고 피비린내 나는 살육이 일어났다. 그녀는 마을 사람들을 그 자리에서 모두 먹어 버렸다. 같은 이야기가 여러 번 반복된다. 잔인한 살육 때문에 공포에 질린 그녀의 아이들도 도망가려고 했다. 그러자 어머니가 "움직이지 마, 너희들도 잡아먹을 거야."라고 소리 질렀다. 아이들이 살려달라고 간청하자 어머니는 "아니야, 두려워할 것 없다."고 대답했다. 아무도 그녀를 죽이지 못했고, 암 표범이 있다는 소문이 주위에 퍼졌다. (『신화학』, 243~244쪽)

위 신화에는 부정적인 모성의 이미지가 그려져 있다. 혐오의 감정이 들 정도로, 사악한 모습으로 여성을 그려 놓은 것 같기도 하다.

부계 출계 전통의 신화는 왜 이렇게 엄마를 그려 냈을까. 이들 부족은 이런 신화를 통해서 어떤 세상의 질서를 회복하려는 사고 체계, 양식 체계를 구성하려고 했던 것일까?

레비스트로스는 신화를 보는 흥미로운 관점을 우리에게 제공해 주었다. 앞서도 말했듯이 "가족관계의 과도한 남용은 일반적으로 연결된 요소를 분리시킨다." (『신화학』, 187쪽)

대개 신화는 엄마 아빠 아이가 가족주의 삼각형을 이루고 있다. 그럼 이 가족 삼각형의 구조에서, 위 신화는 어떤 부분에서 누가 누구를 과도하게 남용하고 있는지 한번 살펴보자.

위 담배의 기원신화를 보면 남자가 나무 위로 올라가서 앵무새 새끼를 30여 마리나 잡아서 던져 주는데, 여자는 나무 아래서 그걸 받는 족족 먹어 버린다. 남자는 앵무새를 잡아 던져 주고, 여자는 그 먹이를 받아먹는다. '앵무새'는 신화에서 영적인 둥지를 뜻하기도 하는데, 여자는 하늘의 자식이라 할 수 있는 앵무새를 주는 족족 다 먹어 버리고 만다. 가족관계의 과도한 남용은 여자 쪽에서 먼저 불러오고 있다. 여자는 남자가 주는 걸 나눠 먹을 생각도 않고 다 먹어 버린다. 당연히 이 과도한 남용, 음식의 남용이 되었든, 남자에 의존하는 의존성의 과도한 남용이든 간에, 이 남용 앞에서 남자는 무서움을 느낀 것이다.

어느 쪽이든 어느 한 쪽이 과도한 남용의 모습을 보일 때는 주는 쪽이든, 받는 쪽이든 분명 두려움을 느낄 것이다. 너무 많은 선물을 한꺼번에 주는 쪽이나, 아니면 받는 쪽이나 그런 관계에서는 무언가 과도한 남용 그 자체로 인해서 결국은 일반적으로 둘을 연결해 주었던 요소가 분리되는 결과를 초래한다. 시간문제일 뿐 분명 분리의 결과는 피할 수 없을 것이다. 부계출계 전통인 부족에서 여자의 과도한 남용은 남자로 하여금 두려움을 갖게 하였다.

저 과도한 남용, 과도한 음식을 탐하는 여성의 행동은 사람사이의 연결을 분리시키고 말았다. 남자는 도망간다. 그런데 남자가 도망가는 것으로 그치지 않는다. 과도한 남용은 주변의 연결고리를 연쇄적으로 끊어 놓는 것이다. 아내는 새를 쫓다가 결국은 방향을 바꿔 남자를 쫓아가서 잡아먹고 말았다. 이렇게 극단적인 방향으로 가는데, 여기에서 레비스트로스는 신화를 보는 또 한 가지 방법을 제시해 준다.

이렇게 분리가 계속 진행되다가, "다시 중개항이 개입하면서, 끊어졌던 연결 고리가 회복된다."(『신화학』, 187쪽)는 것이다.

그렇다면 여성의 과도한 남용을 통해서 벌어진 이 사태에서 시공간의 질서를 회복시켜 줄 매개항은 무엇인가. 이 연결고리를 아이들은 카랑쇼를 등장시켜서 해결하고 있다.

신화 마지막 부분을 보자.

아이들은 몰래 함정을 파고 나뭇잎으로 덮어 놓았다. "이제 너희들을 잡아먹을 차례가 됐다."고 어머니가 소리 지르자 그들이 도망치기 시작했다. 그녀가 몸을 날려 아이들을 추적했으나 함정에 떨어지고 말았다. 아이들은 카랑쇼(문화영웅: 아무 동물이나 상관없이 잡아먹고 사는 포식동물이나 썩은 고기를 먹는 동물)에게 구원을 요청했다. 카랑쇼는 아이들에게 나무둥치를 파고 같이 숨자고 제안했다. 암 표범은 발톱으로 나무를 잘게 찢으려 했으나 발톱이 나무에 끼고 말았다. 카랑쇼는 나무둥치에서 나와 그녀를 죽이고는 장작더미에 놓고 시체를 태웠다. 4~5일 후에 하나의 식물이 잿더미 위에 돋아났는데, 담배가 나타난 것은 그렇게 해서였다. 그들은 암표범의 죽음을 의심하지 않게 하기 위해서 목걸이를 모든 마을에 보냈다. (『신화학』, 244~245쪽)

카랑쇼의 등장으로, 여성의 과도한 남용은 멈추게 되었고, 죽음을 통해서 그 자리에는 다시 끊어졌던 질서를 연결해 주는 담배가 나타났다.

담배는 연기를 통해 하늘과 땅을 이어 주는 상징 식물이다. 여성의 몸 안에 먹혀 버렸던 영적인 새들은 담배를 통해서 연기로 변해 하늘로 올라가 다시 재생할 것이다. 그래서 앵무새는 다시 먹잇감이 되기 위해 땅으로 내려올 수도 있을 것이다.

마을 사람들에게 여성은 목걸이로 변하였다. 문화의 상징이 되어, 역시 끊어졌던 마을 사람들의 공동체는 이 목걸이를 바라보면서 두려움에서 벗어나서 질서를 회복하게 된 것이다. 카랑쇼가 여성을 진압하면서 기존의 질서로 돌아가고 말았다.

레비스트로스가 말하듯이 매개항은 끊어졌던 연결고리들을 다시 회복시켰는데, 그렇다면 저 회복의 의미는 무엇인가? 이 신화에서도 여성은 진정 자기 삶의 주체가 되지는 못하였다. 해러웨이의 말을 빌리면 진정한 '여성인간'으로 자리매김하지 못하였다. 이 신화가 숨기고 있는 남성 지배 질서로의 회복 그 아래 심층에 존재하는 무의식의 세계를 한 번 더 탐구해 볼 필요가 있겠다.

그림 형제가 채록한 「트루데 아주머니」란 옛이야기가 있다. 한 소녀가 너무 호기심이 많아 엄마 아빠가 그렇게 말리는데도 트루데 아주머니 집을 찾아간다. 결국 소녀는 마녀인 트루데 아주머니에게 걸려 불쏘시개로 변해 불타 죽는다. 매우 잔혹한 이야기이다. 어린 아이를 키우는 어른들은 금방 이맛살이 찌푸려지면서 무슨 저런 얘기가 다 있어 하고, 덜컥 겁도 나고 공포심마저 들 것이다.

그래도 이 이야기는 그림 형제가 채집해 놓은 옛이야기 가운데, 아주 많이 인용되는 민담 가운데 하나이다. 아주 짧기 때문에 전문을 인용해 본다.

옛날에 고집불통에다 참견쟁이인 여자아이가 살았어요. 엄마 아빠의 말을 도무지 안 들었으니 누가 예뻐했겠어요? 어느 날 여자아이는 엄마 아빠에게 말했어요.

"트루데 아주머니한테 가 봐야겠어요. 사람들 하는 말이 트루데 아주머니 집이 그렇게 멋있대요. 집 안에 귀한 물건들도 많다는데, 그게 뭔지 알고 싶어서 견딜 수가 없어요."

엄마 아빠는 펄쩍 뛰며 말했어요.

"트루데 아주머니는 사악한 짓을 일삼는 고약한 사람이야. 그리로 간다면 너는 더 이상 우리 딸이 아니다."

하지만 아이는 엄마 아빠 말은 귓등으로 흘리고 트루데 아주머니에게 갔지요.

아이를 본 트루데 아주머니가 물었어요.

"네 얼굴이 왜 그렇게 창백한 거냐?"

아이는 온몸을 바들바들 떨며 대답했어요.

"아까 본 게 너무 무서워요."

"뭘 봤는데?"

"아줌마 집 계단에서 까만 남자를 봤어요."

"그건 우리 집 숯장이야."

"그리고 초록 남자도 봤어요."

"그건 내 사냥꾼이지."

"그 다음에는 새빨간 남자도 봤어요."

"그런데요, 트루데 아줌마, 창문으로 들여다보니까 아줌마 대신 머리 꼭대기에서 불이 활활 타오르는 악마가 있었어요."

"오호!"

트루데 아주머니가 말했어요.

"마녀가 제대로 치장하고 있는 모습을 봤구나. 널 오랫동안 기다려왔다. 넌 내게 불을 밝혀 줘야 해."

그러면서 마녀는 아이를 장작으로 만들어 버린 뒤 난로에 던져 놓고 그 옆에 앉아 불을 쬐면서 말했답니다.

"진짜 환하군!"(『그림 메르헨』, 335쪽, 1837년 판)

그림 형제는 생전에 민담집을 여러 차례 수정하였는데, 위 이 야기는 1837년 판에 실린 내용이다.

이 옛이야기에서 토론의 쟁점이 되는 부분은 소녀의 호기심이다. 이 소녀의 호기심에 대해서 가와이 하야오는 이런 해석을 하는데, 이 부분에 대해서는 조금 의아한 느낌이 든다.

"자신의 호기심 때문에 희생된 소녀들의 사례가 떠오른다. 여자아이들이 '남자들 드라이브에 따라가면 완전 신난대. 꼭 가보지 않고는 궁금해서 못 견디겠어.'라고 마음먹을 때, 낯모르는 남성이 드라이브하자고 유혹해 온다면 그 유혹은 그대로 추락의 길로 이어지는 경우가 종종 있다. 때로는 처참한 죽음으로까지 이어진다."(『민담의 심층』, 43쪽)

「트루데 아주머니」와 호기심 많은 여자아이가 남자를 따라나섰다가 처참한 죽음을 맞이할 수도 있다는 이야기를 하나로 묶어 내는 상상력은 아무래도 이해하기 힘들다. 저 민담의 심층이 이와 같은 교훈을 주기 위해서 전승되어 오지는 않았을 것이다. 만약 저렇게 해석을 한다면 그와 같은 해석이야말로 전형적인 가부장의 이데올로기에서 나온, 담배의 기원설화에 나오는 것처럼 여성 내면의 폭발적인 힘을 위험한 대상으로 보고, 그 위험성을 문화영웅의 힘을 빌려 제거하면서 다시 남성 지배 질서 안에 편입시키려는 사고 체계와 크게 다르지 않은 느낌이 든다.

「트루데 아주머니」 이야기에서도 엄마 아빠와 호기심 소녀 사이에는 분명한 가족 삼각형의 구조에서 어느 한쪽에 대한 남용이 일어나고 있다. 이야기를 재화한 그림 형제는 소녀를 고집불통에다 참견쟁이로 표현하고 있다. 엄마 아빠의 말을 도무지 안 듣는 미움을 받는 아이로 그려 내고 있다. 이런 설정으로 볼 때, 우리는 이렇게 생각해볼 수 있을 것이다. 엄마 아빠는 소녀를 너무 사랑해서, 아이를 사랑하고 싶은 마음을 너무나 남용해서, 아이가 혹 떠날까 소녀가 보이는 호기심을 부정하고 있는 것이다.

거꾸로 이렇게도 말할 수 있을 것이다. 소녀는 바깥세상으로 향하는 호기심이 너무 많아서, 엄마 아빠가 딸에게 사랑을 베풀 수 있는 기회를 빼앗고 있는 것이다. 그러나 이러한 쪽으로 상상력을 유도하는 서사라면 위와 같이 소녀를 잡아먹는 이야기로 귀결되지는 않았을 것 같다.

아무래도 「트루데 아주머니」 이야기는 엄마 아빠가 소녀를 너무 사랑해서 그 사랑하고 싶은 마음을 남용하여, 아이로 하여금 바깥세상으로 나가는 호기심을 방해할 때 생기는 아이 내면의 심층 세계를 탐구한 이야기가 아닐까 싶다.

오히려 「트루데 아주머니」에 등장하는 소녀의 엄마 아빠는 요즘 '교육 엄마'들의 내면과 닮아 있다. 심리학자들이 요즘 '교육 엄마'들의 본질에 대해 지적하는 아래 말을 한번 들어 보자.

여성의 몸은 사랑과 애착의 대상이면서 동시에 공포와 불안, 파괴의 욕망을 불러오는 대상이기도 하다. 여성의 몸에 대한 이러한 이중성은 오이디푸스 시기 어머니의 몸에 대해 아이가 갖는 양가적 감정에서 비롯되지만 주체 형성 과정과 더 관계가 있다.

유아는 오이디푸스 콤플렉스를 극복하는 과정에서 자신과 일체를 이루고 있는 성적 대상이 되기도 하는 어머니로부터 스스로를 떼어 내면서 주체로 탄생한다. 어머니에 대한 상상적 일체감은 아이가 주체가 되는 것을 방해하기 때문이다. 자아가 형성되는 시기에 어머니의 원형적 이미지는 다시 아이를 삼키고 통합하려는 대상처럼 무의식 속에서 인식될 수 있기 때문에 아이는 사랑과 증오라는 이중의 감정을 어머니의 상에 투여한다. (김석, 「여성의 몸과 불가능한 주이상스」, 『포르노 이슈』, 173쪽)

말이 매우 어렵게 쓰인 것 같은데, 가만히 생각해 보면 그리

어려운 말도 아니다. 아이들은 태어나면 젖먹이 시기를 거친다. 이때는 달리 말하면 아빠가 개입하기 전 그러니까 '오이디푸스 이전 엄마와 공생하는 단계'이다. 당연히 아이가 자기 삶의 주체로 일어서려면, 엄마와의 공생 단계에서 벗어나 자립해야 할 것이다. 엄마와 내가 한 몸이라는 상상적 일체감에서 벗어나지 못한다면 아이는 계속 엄마와의 관계 속에 갇혀 살 수밖에 없을 것이다. 그런데 사실 말이 그렇지 엄마와의 분리란 것이 얼마나 어려운 일인지 실제 살아 본 많은 사람들의 고백을 통해 알 수가 있다. 엄마와의 관계가 가장 힘들다는 여성들이 많다. 자기를 낳은 엄마와의 상상적 일체감에서 벗어나지 못하고, 또한 자기가 낳은 아이와의 상상적 일체감에서도 벗어나기 힘든 것이다.

엄마들은 아이와의 관계에서 엄청난 갈등을 겪는다. 아이는 스스로 독립하기 위해서 엄마와 갈등을 겪어야 하는데, 이건 어찌 보면 엄마가 싫어서라기보다는 엄마와의 상상적 일체감에 갇히면 아이 스스로도 독립할 수 없다는 사실을 무의식적으로 느끼기 때문에 그 정을 떼려고 하는 것이 아닐까. 엄마는 아이에게 끊임없이 채찍과 당근을 제시하며 안전과 성장을 이유로 가까이 두려 하는데, 아이의 눈에는 엄마가 자신을 엄마의 품에 가두어 두려는 괴물로 느껴질 때가 한두 번이 아닐 것이다.

아이들은 엄마의 안전기지 안에 계속 가두어 두려는 유혹에 갇히지 않기 위해서 엄마와 강력한 언어를 구사하며 대립구도를 형성한다고 봐도 좋겠다.

엄마의 일방적인 헌신은 아이가 주체가 되는 걸 방해한다. 보통 가족주의 안에 갇힌 부모들이 이걸 망각한다. 아이에게 엄마는 애착과 분리의 감정을 동시에 불러일으키는 이중의 대상이다. 그야말로 사랑과 애착의 대상이면서, 영원히 저 엄마에게 사로잡혀 벗어나지 못하게 될까 봐 두려워하는 공포와 불안의 대상이기도 한 것이다.

아이가 엄마에게 보이는 반항은 어찌 보면 자기 욕망의 주체로 태어나는 과정에서 일어나는 양가감정의 어느 한쪽 표현일 것이다.

이중대상으로 존재하는 어머니란 존재에 대해 철학자 김석이 하는 이야기를 조금 더 들어보자.

크리스테바에 따르면 유아는 어머니와 완전한 결합 상태로 있다가 점차 자아에 속하지 않는 낯설고 불결한 것을 스스로에게 추방하고 외부와 내부의 경계를 설정하면서 나의 감각을 개발하기 시작한다. 크리스테바는 이러한 분리의 행위를 아브젝시옹이라 불렀다.

그러나 아브젝시옹의 대상인 아브젝트는 분리된 이후로도

유아의 자기 경계를 침범하고 삶을 오염시키려 하는데 주체는 이런 대상에 역겨움과 매혹을 동시에 느낀다.

크리스테바가 말한 아브젝트를 우리는 라캉이 명명한 '남근을 가진 어머니' 개념과 연관시켜 주체를 위협하는 죽음의 형상으로 이해할 수도 있다.

남근을 가진 어머니는 거세되지 않았기 때문에 법의 형상인 아버지에 매이지 않는 완벽한 존재이다. 거세되지 않았다는 것은 결핍을 모르며 아버지에 의존하지 않는다는 말이다. '남근 가진 어머니'는 그 자체로 완전하고 아버지에 의해 금지되지 않았기에 아이를 절대적으로 사랑하려 한다. (『포르노 이슈』, 174쪽)

교육열에 불타는 엄마들은 남근을 가진 어머니로 존재할 확률이 높다. 요즘 아이를 키우는 엄마들은 너무나 힘들다고 고통을 호소한다. 아이들 모습이 자신들이 자랄 때와 다르다는 것이다.

그것은 아마도 아이가 변했다기보다는, '남근 가진 어머니'의 형상으로 작동하는 엄마가 아이들에게 자기 욕망의 주체로 살아가는 삶을 위협하는 죽음의 형상으로 보이기 때문에 자연스럽게 저항을 하고 있는 것인지도 모른다.

「트루데 아주머니」에서 소녀는 트루데 아주머니 집을 찾아가면서 무수히 많은 죽음의 형상들을 본다. 자신의 삶을 위협하는 죽음의 형상들은, 바로 소녀 내면에 존재하는 엄마 아빠가 보이는 자신에 대한 과도한 사랑의 남용으로 인해 생긴 무의식 속의 기억 이미지들을 상징하는 것이 아닐까. 트루데 아주머니를 만났을 때 소녀는 트루데 아주머니의 손에 불쏘시개로 바뀌어 난로에 던져져 버렸다. 이 소녀의 죽음은 상징의 표시로 해석할 수도 있을 것이다. 꿈에서 죽음은 그 어떤 죽음이라도 재탄생의 의미가 내포되어 있기 때문에 꼭 불행으로만 보지는 않는다. 민담에서의 죽음도 꼭 부정적으로만 해석될 이유는 없을 것이다.

소녀의 죽음은 소녀 자신이 온전히 엄마로부터 분리되었다는 완벽한 상징의 표시로 해석할 수도 있지 않을까. 부모의 자식 사랑에 대한 남용으로 인해 죽음의 형상 끝까지 경험을 한 소녀들은 의식과 무의식이 서로 소통하며 감각이 깨어나 오히려 섣부른 파렴치범의 유혹에는 잘 넘어가지 않을 것이다.

아스트리드 린드그렌의 작가 연보를 보니까, 『내 이름은 삐삐 롱스타킹』은 1944년에 빙판길에 미끄러져서 다쳐 누워 있는 동안 딸 카린의 생일 선물로 써 주었다고 한다. 이 작품을 출판사에 보냈지만 거절당했고, 그 이듬해인 1945년에 다듬어서 다시 보내 공모전에서 일등상을 수상하였다. 책으로는 1949년에 출간되었다.

첫 시작부터가 남다르다.

어느 작은 마을 변두리에 잡초가 무성한 오래된 정원이 있었다. 그 정원에는 낡은 집 한 채가 있었고, 이 집에 삐삐 롱스타킹이라는 아이가 살고 있었다. 그 아이는 아홉 살인데 혼자 살고 있었다. 삐삐한테는 엄마 아빠가 없었지만 사실 그것도 아주 잘된 일이었다. 왜냐하면 한창 신나게 놀고 있는데 "자, 이제 자야지." 한다거나, 캐러멜이 먹고 싶은데 간유를 먹으라고 할 사람은 없으니까.

예전에는 삐삐도 아빠가 있었고, 아빠를 무척 좋아했다. 물론 엄마도 있었지만, 아주 오래전에 돌아가셔서 얼굴이 기억나지 않았다. 엄마가 돌아가셨을 때 삐삐는 갓난아기였고, 요람에 누워 아무도 얼씬거리지 못할 만큼 요란하게 울어 댔다. 지금 삐삐는 엄마가 하늘나라에 있고, 하늘에 뚫린 작은 구멍으로 어린 딸을 내려다보고 있다고 굳게 믿었다.

삐삐는 이따금 엄마가 있는 하늘을 향해 손을 흔들며 말했다.

"엄마, 내 걱정은 마세요. 난 잘하고 있으니까."

삐삐는 아빠에 대해서는 잘 기억했다. 삐삐의 아빠는 넓은 바다를 항해하는 선장이었다. 아빠는 삐삐와 함께 항해를 하다가, 폭풍우가 몰아치던 날 바람에 날려 바다 속으로 사라져 버렸다. 하지만 삐삐는 아빠가 꼭 돌아오리라 믿고 있었다. 자기 아빠가 바다에 빠져 죽었을 리가 없다고 생각했기 때문이다. 삐삐는 아빠가 바다를 헤엄쳐 다니다가 식인종 섬에 도착해서, 식인종의 왕이 되어 황금 왕관을 쓰고 하루 종일 어슬렁거릴 거라고 믿었다. (『내 이름은 삐삐 롱스타킹』, 7~9쪽)

엄마 아빠 아이로 이어지는 가족 삼각형의 구조에서 삐삐는 엄마 아빠가 없다. 일찍 세상을 떠난 부모는 삐삐로 하여금 역으로 엄마 아빠를 사랑할 권리를 빼앗아 버렸다. 부모의 죽음은 어떤 의미에서는 부모가 삐삐에게 마이너스 방향으로 사랑을 남용한 것이다.

삐삐는 엄마 아빠를 사랑할 권리가 있다. 작품 속에서 삐삐는 엄마 아빠를 충분히 사랑하고 있다. 엄마 아빠에 대한 사랑을 남용하여, 엄마 아빠를 구속하거나 하지는 않는다. 삶과 죽음의 경계를 넘어 영혼의 친구처럼 관계 맺기를 하고 있다. 슬픔과 비탄에 젖어 있지 않는 것이다. 삐삐는 일찌감치 저 트루데 아주머니를 겪어 한번 죽음을 경험하고 태어난 아이이다. 삐삐는 「트루데 아주머니」에 나오는 소녀의 죽음 형상을 겪고 난 이후의 분신이라 할 수 있을 것이다.

민담은 관점에 따라서 다양하게 해석할 수 있다. 『민담의 심층』에서 한 번 더 옮겨 본다.

　주인공이 아무리 '고집 세고 건방지다' 해도, 또 트루데 부인이 아무리 무시무시한 마녀라 해도, 이 같은 결말에 어이없다고 느끼는 사람도 있을 것이다. 여자아이가 한순간에 불길로 변하고 "어이쿠, 밝기도 하지, 밝기도 해!"라는 마녀의 독백으로 끝나는 것은 너무하다 싶다. 어떻게 좀 안 될까 생각하게 된다. 그렇다면 민담이 아닌 현실의 사건을 생각해 보자. 작은 호기심으로 낯모르는 남성의 유혹에 넘어간 여성이 죽임을 당한 채 버려지는 사건은 현실에서 엄연히 벌어지고 있다. 사람들이 이런 일을 보고, 어떻게 좀 안 될까 아무리 발을 동동 굴러 봐도 결과는 절대 원점으로 돌아가지 않는다. 그런 일은 극히 드물다든가, 악한인 남자 탓이라고 생각하는 사람이 있다면, 한 번쯤 인간에 대한 자연의 힘을 생각해 보라. 자연의 힘은 때로 인간이 만든 것을 단번에 파괴해 버린다. 태풍은 피땀 흘려 일군 농작물을 하룻밤 새 쓸어버리기도 한다. 그것은 선인과 악인을 구분하지 않는다. 태풍은 누구에게나 공평하게 불어 닥친다. 자연은 선의도 악의도 없이 작용하기 때문에 그에 대해 불평할 수 없다. 영어로 표현하자면 JUST SO!다. (『민담의 심층』, 45~46쪽)

살면서 누구나 파렴치범을 만날 수 있다. 이건 마치 교통사고를 당할 수 있는 것과 비교할 수도 있을 것이다. 이렇게 비교하는 건 그래도 이해가 간다. 그러나 소녀가 당한 파렴치범의 힘을 천재지변과 같은 인간의 힘으로는 어찌할 수 없는 영역의 것으로 비유한다는 것은 무언가 이상한 느낌이 든다. 파렴치범의 능력을 천재지변을 일으키는 자연의 힘과 동일시한다는 것은 오히려 소녀들에게 무기력함을 더 강요하는 것이 아닐까. 어찌할 수 없으니 받아들일 수밖에 없다는 식으로.

이와 같은 해석의 방향이야말로 신화나 민담을 "정말로 좋은 설화 속에 들어간 여성 같은 건 있어 본 적이 없다."(『겸손한 목격자』, 158쪽)고 말할 수밖에 없게 만드는 해석이 아닐까 싶다.

그러나 보는 관점에 따라서 「트루데 아주머니」 속 소녀는 좋은 설화 속에 들어가 있다고 말하기는 그렇다 해도, 부모로부터 온전히 분리되어 가는 과정을 치열하게 거쳐 가는, 르 귄 식의 표현을 빌리면 그야말로 '내면 무의식의 탐험가'라고 할 수도 있을 것이다.

그림 형제가 채집한 옛이야기는 여러 판본이 존재한다. 그림 형제는 여러 번 판본을 바꾸어가며 개작하여 1857년에 7번째 판본을 최종 완성하였다.

판타지 창작학교에서 그림 형제 동화집을 두고 작품 토론을 할 때는 아래 두 권을 주로 이용한다.『그림 형제 민담집』(김경연 옮김, 현암사)은 그림 형제가 7판까지 가면서 재수록하지 않은 민담까지 다 포함해서 실어 놓았다. 그림 형제가 전 생애에 걸쳐 재화한 옛이야기를 다 볼 수 있다.

또 한 권은『그림 메르헨』(김서정 옮김, 문학과 지성사)이다. 이 책은 그림 형제가 남긴 옛이야기 가운데 7번에 이르는 개작 과정에서 민담의 입말 성격이 잘 어울리는 작품을 뽑아 수록한 것이 특징이다. 예를 들어서『헨젤과 그레텔』이야기는『그림 형제 민담집』은 1857년 마지막 판본을 사용하였으나『그림 메르헨』은 1819년 판을 채택하였다.

이 두 판본 내용은 아주 큰 차이가 있다. 잘 알려진 것처럼 그림 형제는 1840년에 개작한 판본부터『헨젤과 그레텔』이야기를 재화할 때 어머니를 의붓어머니로 바꾸어 기록하였다.

1840년 이전 판본인 1819년 판『헨젤과 그레텔』은 읽어 보면 의붓어머니가 나오지 않는다. '의붓어머니' 판본과 '친어머니' 판본을 서로 비교해 읽어 보면 감정의 울림이 미묘하게 서로 다르다. 이 하나 매개변수의 변화는 상당히 큰 감정선의 차이를 불러일으킨다.

『헨젤과 그레텔』에서 먹고 살기가 힘들어 아내는 남편에게 아이들을 숲속에 갖다 버리자고 한다. 이 말을 헨젤과 그레텔이 엿들었다. 1857년 판에서는 의붓어머니로 나오기 때문에 듣는 사람들에게 한번은 충격을 완화시켜 준다. 피를 나눈 혈연 엄마가 아닌, 피를 나누지 않은 엄마는 이럴 수도 있다는 긍정적인 어머니상에 상처를 주지 않으면서, 오히려 이성애 가부장제의 상상적 어머니상을 더 강화시켜 주는 느낌도 든다.

초반 도입부에 숲에 데려가 몰래 버리려고 엄마가 아이들 깨우는 장면을 양 판본을 비교하며 읽어 보자.

어른들이 잠이 들자 헨젤은 자리에서 일어나 저고리를 입은 뒤 문을 열고 살짝 빠져나갔다. 달이 아주 밝아서 집 앞에 널려 있는 하얀 자갈돌들이 순은으로 만든 은화처럼 빛나고 있었다. 헨젤은 몸을 구부려 저고리 호주머니에 넣을 수 있는 만큼 자갈을 집어넣고는 그레텔에게 돌아와 말했다.

"안심하고 편히 잠들어. 그레텔. 하느님께서 우리를 저버리지 않으실 거야."

그리고 자기도 다시 침대에 누웠다.

다음날 새벽, 동이 트기 전에 의붓어머니가 와서 두 아이들을 깨웠다.

"일어나, 요 게으름뱅이들아. 숲속으로 나무를 하러 가야지." (『그림 형제 민담집』, 111쪽, 1857년 판)

헨젤은 침대에서 일어나 윗도리를 입은 뒤 살짝 문을 열고 밖으로 나갔습니다. 보름달이 환히 떠서 하얀 조각돌들이 마치 은화처럼 반짝였어요.

헨젤은 조약돌을 집어 주머니에 가득 채우고는 다시 집으로 들어갔지요.

"안심해 그레텔. 이제 마음 편히 자도 돼."

헨젤은 동생에게 말하고 자기도 침대에 누워 잠이 들었습니다.

아침 일찍, 해가 떠오르기도 전에 엄마가 들어와서 두 아이를 깨웠습니다.

"얘들아, 일어나라. 오늘은 숲으로 갈 거다. 빵 하나씩 줄 테니까 점심 때까지 아껴 둬라."(『그림 메르헨』, 454쪽, 1819년 판)

앞 글은 헨젤이 그레텔에게 말할 때 '하느님'을 끌어 들였고, '의붓엄마'가 아이들을 깨우는 장면으로 설정하였다. 이전 판본인 1819년 판에는 '하느님'이 없고, '의붓엄마'가 그냥 '엄마'로 되어 있다. 두 가지 매개변수의 큰 변화가 보인다.

1857년 마지막 판본을 쓸 때, 그림 형제는 기독교 사상과 접목하여 긍정적인 어머니상을 잃지 않으면서, 부정적인 어머니상은 의붓엄마에게 전가시키고 있다.

긍정적인 어머니상과 부정적인 어머니상이 이분법적으로 나뉘면서 그 경계가 매겨져 있다. 지금 SF·판타지 시대 의붓엄마에게 부정적인 어머니상을 전가시키는 사고는 토론의 여지가 많다.

혈연가족을 넘어서 낯선 자들의 친밀성을 강조하는 '재구성된 가족'의 연대와 공생의 의미를 발견해야 한다는 의미에서는 민담이 시대착오적인 의미로 작동할 위험성이 있다. 많은 아이들이 혈연 엄마와 살지 않을 테고, 앞으로 더 많은 아이들이 그런 상황을 맞이할 테니까. 시대의 흐름을 되돌릴 수는 없을 것이다. 이런 의미에서도 어머니를 의붓엄마로 바꾼 최종판이 과연 좋은 선택이었을까? 많은 토론 문제를 불러일으킨다.

헨젤과 그레텔은 결국은 숲에 버려졌다. 마녀를 만나고, 이 마녀와 먹고 먹히는 싸움의 과정은 엄마로부터 분리되는 상징적인 과정이란 의미로 해석을 하기도 한다. 결국은 트루데 아주머니의 분신이라 할 수 있는 마녀에게 잡아먹히지 않고, 오히려 이번에는 그레텔의 기지로 마녀가 화로 속에 들어가 죽음을 맞이하게 되었다. 아이들이 마녀를 죽임으로서 아이들 스스로 엄마로부터 분리된 것이란 해석도 해 볼 수 있다. 카랑쇼라는 매개항도 쓰지 않고 아이들 자력으로.

결말 부분을 한 번 더 살펴보자. 부정적인 엄마를 죽이고, 아이들이 집으로 돌아왔을 때 결말 부분은 양쪽 판본 다 가부장 중심의 가족주의 관점에서 볼 때 많은 생각을 하게 한다.

1857년 판을 먼저 보자.

마침내 저 멀리 아버지의 집이 보였다. 그러자 그들은 달리기 시작했다. 와락 문을 열고 거실로 들어가 아버지의 목을 얼싸 안았다. 아버지는 아이들을 숲에다 버리고 온 다음부터 사는 게 조금도 즐겁지 않았다. 그동안 의붓어머니는 죽고 없었다.

그레텔이 앞치마를 털자 진주와 보석들이 방 안에 후드득 떨어졌다. 헨젤도 진주와 보석을 한 줌 한 줌 호주머니에서 꺼냈다. 이제 모든 근심이 사라졌다. 그들은 아주아주 행복하게 함께 살았다.

내 이야기는 이제 끝났다. 어, 저기 좀 봐! 저 쥐를 잡는 사람은 아주아주 큰 가죽 모자를 만들 수 있을 거야.

(『그림 형제 민담집』, 117~118쪽)

1819년 판은 이렇다.

오리가 헤엄쳐 와서, 그레텔을 건네주고 그다음에 헨젤을 태워 주었습니다. 그리고 나니까 쉽게 집을 찾을 수 있었어요. 아이들을 다시 본 아버지는 몹시 기뻐했습니다. 아이들이 사라지고 난 뒤로는 하루도 편할 날이 없었거든요. 엄마는 이미 세상을 떠나고 없었지요. 아이들이 가져온 보석으로 식구들은 더 이상 먹을 것 마실 것 걱정 없이 지냈답니다. (『그림 메르헨』, 460쪽)

1857년 판에서 아이들이 어머니로부터 독립을 했다는 느낌은 그렇게 크게 들지 않는다. 부정적인 엄마를 이겨 내고 거기에서 벗어나긴 했지만, 그러나 그 부정적인 어머니 상은 의붓엄마에게 투사를 해서 전가시켜 버리고, 여전히 아이들의 내면에는 가부장제가 강요한 강력한 긍정적인 어머니상이 내재해 있다고 볼 수도 있다.

아이들이 돌아왔을 때 의붓엄마는 죽고, 아버지만 남아있다. 아버지는 먹고 살기가 힘든 절대 빈곤의 상황에서, 처음에는 부정적인 의붓엄마의 결정을 그대로 따르고, 나중에는 그 악역을 맡았던 의붓엄마는 죽고, 여전히 가부장의 자리에 살아남아 있다. 아버지의 자리는 줄곧 흔들리지 않고 있다. 묘하게 『헨젤과 그레텔』 서사에도 결국에는 아버지의 권위와 기독교적인 긍정의 어머니상이 훼손되지 않고 남아 있다. 이런 근대인간의 내면을 그대로 간직하고 있다. 이 아이들이 어른이 되어서, 다시 아이를 낳고, 그 아이가 아이를 낳고 하면서, 아이들 마음속에 들어있는 이러한 아버지상과 어머니상의 조합은 더욱 강화되어 가지 않을까.

앞에서 린드그렌의 동화를 잠깐 살펴보았듯이 결국은 창작 동화가 이 문제를 어떤 식으로든 제기하고, 아이들 무의식에 말을 걸어야 할 것이다. 창작 동화는 이 어머니상과 아버지상에 어떤 형태로 질문하고 응답하는지 여기서는 숙제로 하고 넘어가자. 이 문제는 앞으로 4장에서 깊이 있게 살펴볼 것이다.

다시 1819년 친어머니 판본으로 가 보면 흥미로운 점이 발견된다.

아이들이 집으로 돌아왔는데, 역시 이 판본에서도 엄마가 죽고, 아버지는 살아 있다. 그런데 앞서 1857년 판 의붓엄마의 죽음과 친엄마의 죽음은 상징하는 의미가 매우 다르게 보인다. 1819년 판에서 아이들은 말 그대로 친엄마의 내면에 있는 부정적인 엄마와 싸우면서, 스스로 자기를 잡아먹는 엄마와의 대결로부터 살아남아 독립하였다. 아이들에게는 더 이상 타자에게 전가시킬 어머니상이 존재하지 않는 것이다. 어머니상이 이중으로 분리되어 있지 않고, 한 몸을 이루던 어머니상에서 부정적인 그림자상은 극복하였다. 하지만 여전히 이 아이들은 가부장의 무기력한 아버지 상과 역시 한 몸을 이루고 있다.

그래도 1819년 판에서는 부정적인 어머니상을 이겨 내고, 친어머니의 존재마저 소멸해 버리는, 그래서 더 이상 어머니의 그늘에 갇히지 않는 그야말로 엄마가 없는 고립된 아이가 되어 버렸다. 말 그대로 이 판본에서는 헨젤과 그레텔이 엄마로부터 심리적인 독립을 이루었다고 볼 수도 있을 것이다. 이 아이들은 더 이상 가부장제가 강요한 여성 개인의 욕망이 거세된 긍정적인, 또는 부정적인 어머니상에 얽매이지 않게 된 것이다.

많은 교사들이나 학부모들이 아이들에게 읽히는 이야기를 순화시키려 든다. 아이들을 보호하려는 마음은 이해할 수 있으나, 어른들 스스로가 어머니로부터 심리적인 독립을 이루지 못했기 때문에 부정적인 어머니상과 마주하는 것이 두렵기 때문은 아닐까?

『헨젤과 그레텔』 이야기에서 의붓엄마 판본과 친엄마 판본은 아이의 마음 상태나, 이야기를 들려주는 어른 자신의 마음 상태까지 고려하면서 양쪽 판본을 다 한번 들려주고 아이들과 이야기를 나눠 보면 좋을 것이다.

엄마와 아이가 서로의 욕망의 차이를 인정하며, 영혼의 친구로 만나는 지점까지 내려가려면 친엄마 판본을 한번 통과해도 좋을 것이다. 아이와 친엄마 판본을 유머를 주고받으면서 같이 읽을 수만 있다면, 매우 흥겨운 시간을 즐길 수 있지 않을까. 아이는 이야기를 들으면서 진짜 자기 엄마를 투사하며 읽을 것이다. 그러면서 아이는 전혀 예상하지 못했던 수많은 질문을 쏟아 낼 지도 모른다. 이 질문에 엄마는 당황하지 말고 솔직하게 아이와 마음을 나누며 대화를 할 수만 있다면, 엄마가 자신의 그림자 모습까지 솔직하면서도 유머러스하게 고백할 수만 있다면, 그 엄마야말로 아이와 함께 건강한 친구로 다시 태어나는 즐거움을 맛볼 수 있을 것이다.

물론 교사나 부모는 아이들에게 안전 기지가 되어 주어야 한다. 이런 든든한 믿음을 전제로 아이들은 조금씩 안전 기지로부터 멀리 떠나는 삶의 여행도 즐길 줄 알아야 할 것이다.

이 친엄마 판본을 아이들에게 읽히는 데 아주 큰 거부감이 드는 교사나 학부모가 있다면 용기를 내서 다음 3장에서 하는 얘기를 귀기울여 읽어주기 바란다.

아이가 엄마와의 분리를 너무 힘들어 한다면, 당연히 의붓엄마 판본도 좋다. 이 판본을 먼저 읽어 주고, 나중에 언제든 기회를 봐서 아이에게 친엄마 판본도 한번쯤은 꼭 읽고 이야기 나눠 보면 좋겠다.

3장

이중구속에 갇히지 않는
어린이 시인,
새로운 캐릭터의 등장

−잔혹 동시가 던진 질문

고레에다 히로카즈 감독이 만든 영화는 거의 다 찾아보았다. 최근에 칸 영화제 황금종려상을 수상한 〈어느 가족〉(원제, 좀도둑 가족)이란 영화도 역시 재미있었다. 고레에다 히로카즈 감독이 만든 영화에는 아이를 바라보는 독특한 시선들이 늘 개입되어 있다. 〈어느 가족〉에서 감독이 아이를 바라보는 관점은 매우 독특하다. 마음이 서늘해질 정도로, 정상 가족이라는 근대인간이 갖고 있던 이데올로기 속에 숨어 있는 폭력성을 예리하면서도 너무나 따뜻한 유머까지 느껴지게 그려 내고 있다.

영화 첫 장면은 아버지와 아들처럼 보이는 남자아이(쇼타)와 아저씨가 쇼핑센터에서 물건을 훔쳐 나오는 것으로 시작한다. 집으로 오는 중간에 늘 창밖을 내다보고 있는 가정에서 방치된 여자아이(유리)를 데려온다.

이 좀도둑 집안은 피를 나눈 혈연 가족이 아닌 낯선 자들이 서로 필요에 의해서 모여 사는 일종의 '낯선 자들의 공동체' 모습을 띠고 있다.

좀도둑 가족이 된 유리는 먼저 와 있던 아이(쇼타)와 오누이처럼 같이 다닌다. 두 아이는 학교 교육도 받지 않는다. 유리도 오빠를 따라다니며 좀도둑질을 한다. 아이 손에 화상 입은 걸 보고 엄마가 그랬냐니까, 유리는 "엄마는 착해. 새 옷도 사 주거든." 하고 말한다. "그럼 왜 집 밖에 나와 있었어?" 하니까 유리는 아무 말도 하지 않는다.

저 아이가 생각하는 엄마의 관계에 먼저 시선이 간다. 아이는 집에 돌아갈 생각은 않고 오빠를 계속 따라다닌다. 이 좀도둑 가족을 이끌고 있는 부부는 이게 유괴 아니냐는 얘기를 하는데, 여자는 감금도 아니고 몸 값 요구도 안했으니 유괴는 아니란다. 이러던 중 어린이집 신고로 상담원이 아이 집을 방문해 실종된 사실이 드러나고 경찰이 추적을 시작한다. 유리 부모는 2개월이 지나도록 실종 신고를 하지 않았다. 결과적으로 부모는 아이를 버렸던 것이다.

아이 이름이 방송을 통해서 유리가 아니라 쥬리라 밝혀지는

데, 이날 이후 좀도둑 가족은 아이 이름을 린이라 바꾸고, 머리도 자르고 옷도 도둑질해서 새로 입힌다.

나는 이 영화를 보면서 내가 읽기 어려워 멀리 해 두었던 책 한 권을 다시 꺼내 읽었다. 『마음의 생태학』(그레고리 베이트슨)이란 책이다. 그레고리 베이트슨은 엄마와 아이 사이에 작동하는 '이중구속' 이론을 발견하였는데, 나는 이 책에서 아동문학 작품을 어떤 관점에서 바라봐야 하는지 아주 많은 깨우침을 얻었다.

불확실한 문제, 답이 쉽게 나오지 않는 문제를 두고 계속 이야기 나누는 걸 '메타로그'라고 하는데 그레고리 베이트슨이 말하는 메타로그의 한 장면을 여기 옮겨본다.

딸: 아빠, 왜 사람들은 '나는 당신에게 화가 나지 않았으며 그것은 그쯤 해 두자'라고 말할 수 없나요?

아버지: 핵심은 몸짓으로 교환하는 메시지가 말로 그것을 풀이한 것과 다르다는 거야.

딸: 무슨 말인지 모르겠어요.

아버지: 단순히 말로 아무리 화가 났다거나, 안 났다고 말한다 해도 그것이 몸짓이나 목소리의 톤으로 말하는 것과 같을 수는 없다는 뜻이란다.

딸: 하지만 아빠, 톤이 없는 목소리로 말할 수는 없어요. 아빠는 할 수 있나요? 아무리 최소한의 톤으로 말한다 해도, 그것은 상대방에게 무언가를 억누르고 있는 것으로 들리겠죠?

(『마음의 생태학』, 64쪽)

이 대화의 주제는 아무리 노력을 해도 말로 완벽한 메시지를 전달하기는 어렵다는 것이다. 왜냐하면 말에는 늘 메타메시지에 해당하는 몸짓과 톤이 같이 따라다니기 때문에, 말이 전하는 메시지와, 그 메시지를 전할 때 동반되는 메타메시지(몸짓, 톤) 사이에는 늘 균열이 생긴다는 것이다. 그러니 늘 이중의 신호를 함께 받게 되는 꼴이라 온전히 상대방에게 자신의 말뜻을 전할 수도 없고, 상대방은 받을 수도 없다. 이런 말의 문제를 놓고 답이 없는 대화를 아버지와 딸이 지금 계속하고 있다.

이 대화를 잘 읽어 보면 결국 '몸짓과 톤이 먼저고, 그다음에 말이 생겼다는 것'을 알 수 있다. 우리가 소통할 때 쓰는 말은 몸짓과 톤(메타메시지)이 더 근원적이라는 것이다. 말과 메타메시지의 차이는 늘 생겨나는 것이고, 이 차이에서 사람들은 소통을 하는데 불협화음이 일어나는 것이다.

〈어느 가족〉에서도 아이에게 시선을 돌려 보면 이런 얘기를 할 수가 있다.

혈연가족 제도 안에서 살 때 쥬리는 엄마에게 학대를 받았으면서도 쇼타 오빠에게 엄마는 착하다고 말한다. 새 옷도 사 주기 때문에. 엄마는 학대를 하는데 다시 말해서 엄마의 몸짓과 톤은 분명 험악하고 폭력을 쓰고 있는데, 쥬리는 엄마를 착한 사람으로 인식하고 있다. 왜 이런 인지 부조화가 일어나게 되었을까? 어떤 일이 쥬리에게 있었던 것일까?

나중에 구성된 가족인 도덕관념이라고는 전혀 없는, 피를 나누지 않은 낯선 엄마(노부요)는 린(쥬리)에게 이런 말을 한다.

예전 입던 옷을 태워 버리며 아이를 꼭 안고, "린이 맞은 건 린이 나빠서가 아니야. 사랑하니까 때린다는 건 거짓말이야." 노부요는 이렇게 말하며 스스로도 어떤 무의식이 건드려졌는지 말없이 눈물을 흘린다. 아마도 린은 말의 의미를 머리가 아니라, 노부요가 안아 주는 진심어린 따뜻함과 눈물을 통해 지각하였을 것이다. 노부요의 말과, 노부요가 린을 꼭 껴안아줄 때 느낌(메타메시지)이 서로 분열하지 않고 일치한다는 걸 린은 머리가 아니라 감각으로 느꼈을 것이다. 여기서 노부요는 린의 혈연관계를 대신하여 재구성된 엄마의 역할을 하고 있다. 전통적인 옛이야기에서는 의붓엄마는 늘 파괴적인 성격을 띠고 나타난다. 그러나 현대 동화나 영화는 이런 관계를 전복시키는 시도를 아주 많이 하고 있다.

메시지와 메타메시지 사이에는 늘 균열이 존재한다. 이게 언어, 말의 운명이다.

예를 들어서 아이가 학교에서 돌아왔다고 하자. 엄마는 '어서와' 하면서 말로 반갑게 아이를 맞아 주었다. 아이는 이 말을 듣고 정말 엄마가 자기를 반기는 줄 알고 한달음에 엄마에게 달려갔다. 그런데 아이가 다가오자 엄마는 아이를 안아주지 않고 몸을 돌려 버리고 말았다. 이때 아이는 당황할 것이다. 엄마가 보낸 말의 메시지는 분명 아이를 사랑한다는 의미였는데, 엄마가 보인 메타메시지는 그렇지 않았던 것이다.

이런 관계가 몇 번 반복되다 보면 아이는 나중에는 엄마가 오라 해도 가지 않으려 든다. 이때 엄마는 자기가 아이를 사랑하지 않는다는 걸 들켰다는 생각이 들 것이다. 엄마는 또 이걸 참을 수가 없다. 엄마는 어떻게든 사랑한다는 걸 보여주고 싶어서 자신의 감정을 속이며 아이에게 친밀감을 표시하거나 다가가려 한다. 엄마가 이런 행동을 보이는 건 물론 아이를 위해서가 아니다. 엄마 자신이 아이를 사랑하지 않는다는 사실을 들킨 점, 그 점 때문에 자신의 마음이 불편하고 불안해져서 그 불편함에서 빠져나오기 위해 아이에게 다가가는 것이다. 이러면 아이는 다시 또 당황하기 시작한다.

아이는 이때 진퇴양난에 빠진다. 엄마가 자기를 사랑하지 않는다는 사실을 이미 메타메시지를 통해서 느꼈는데 자꾸만 널 사랑한다고 강요하듯 다가오니 이걸 내칠 수도 없고 고민하다가, 그래도 엄마와 좋은 관계를 유지하고 싶다는 마음이 들어 엄마의 가장된 감정을 받아들여 준다.

이런 강요된 관계가 되풀이되는 과정에서 아이는 아주 심각한 한 가지 상황에 빠지게 된다. 만약에 아이가 '엄마는 지금 나를 사랑하는 게 아니잖아.' 하고 위장된 감정의 영역을 건드린다면 엄마는 금방 아이에게 벌을 주거나, 다른 이유를 대서 '그건 니가 착각하는 거야. 너는 지금 잘못 판단하고 있어.' 하면서 아이를 회유할 것이다.

이런 상태를 되풀이하다 보면, 아이는 자신의 메시지 해석 능력을 부인하거나 포기하기 시작한다. 기만하는 엄마를 지지하기 위해 결국은 자신의 내부 심리상태를 늘 스스로 속이는 아이로 자라나게 될 수밖에 없을 것이다.

아이가 엄마를 비판하면 엄마는 '네가 한 말은 진심은 아니겠지.' 하면서 아이의 메시지를 어떻게든 조종하려 든다. 그래서 무슨 일이 벌어지고 있는지를 밝히고 싶은 아이의 욕망은 점점 억압된다.

결국 엄마는 아이를 이렇게 조종하여 이중의 목적을 달성하였다. 아이를 회피하면서도, 아이를 회피하는 나쁜 엄마는 아니라는 이중의 목적을 다 성취한 것이다.

그렇다면 아이는 어떻게 되는가? 희생자인 아이의 경우는 매우 심각한 상황에 빠지게 된다. 아이는 이중구속에 빠져 이러지도 저러지도 못하는 상황에 처하게 되는 것이다.

　엄마의 가장된 행동을 진짜로 받아들여서, 엄마에게 다가가면 엄마는 또 회피할 것이고, 만약 아이가 무작정 엄마를 회피해 버린다면, 엄마는 또 자신이 애정이 깊은 엄마가 아니라는 의미로 받아들여 회피에 대한 처벌을 하거나, 아이로 하여금 가까이 오도록 다가갈 것이다. 그래서 만약 아이가 다가오면 또 아이로 하여금 일정한 거리를 유지하게 할 것이다. 여기서 아이는 이러지도 못하고 저러지도 못하는 이중구속 상태에 빠지게 되는데, 베이트슨은 이런 이중구속이 정신병의 원인이 된다고 하였다.

　실제 이런 이중구속의 임상실험을 한 예를 들어보면 매우 안타깝다.

　"급성 정신분열 발작 상태에서 상당히 회복된 젊은 아들을 엄마가 병원으로 찾아갔다. 그는 엄마를 만난 것이 너무 기뻐서 충동적으로 엄마의 어깨를 포옹했고, 그 결과 엄마는 경직되었다. 아들은 팔을 치웠고 그녀는 "더 이상 나를 사랑하지 않니?"라고 물었다. 그러자 그는 얼굴을 붉혔고 그녀는 "얘야, 너는 그렇게 쉽게 당황하고 자신의 감정을 두려워하면 안 된다"라고 말했다. 환자는 단 몇 분 정도만 더 엄마와 함께 있을 수 있었고, 엄마가 떠나자 도우미를 폭행하여 욕조에 담겨졌다.

만약 젊은이가 '엄마, 내가 엄마를 포옹하면, 엄마는 틀림없이 불편해지고 나의 애정 어린 몸짓을 받아들이기 어렵겠지요?'라고 말했다면 그와 같은 결과는 명백히 피할 수 있었을 것이다. 엄마는 아이의 행동에 대해 논평하고 그래서 아이에게 복잡한 연쇄를 받아들이고 처리할 것을 강요함에도 불구하고, 그의 강한 의존과 훈련은 엄마의 커뮤니케이션 행위에 대해 논평할 수 없게 한다. (『마음의 생태학』, 352~353쪽)

린은 엄마에게 학대를 받으면서도 엄마는 착하다고 생각하는 이중구속에 갇힌 아이다. 〈어느 가족〉은 이런 아이를 낳게 한 가족의 근원에 대해 성찰해 본 작품이라 할 수 있다.

좀도둑 가족이 바닷가로 피서를 갔을 때 할머니와 노부요가 나누는 말도 흥미롭다. 이런 대화를 한다.

"피가 안 이어져서 좋은 점도 있잖아."

"괜한 기대를 안하게 되는 건 좋지."

바닷가 모래사장에서 다른 가족들이 노는 걸 지켜보면서 할머니는 "다들 고마웠어." 하며 죽음을 준비한다. 고마웠다고 말하는 모습이 감동적이다. 할머니가 죽자, 좀도둑 가족은 할머니 연금을 계속 타 쓰기 위해 할머니 시체를 마당에 묻는다. 사망신고를 하지 않고 시체를 유기한 것이다.

이 장면도 매우 흥미롭다. 노부요와 아이(쇼타)가 연금을 찾아 나와 길거리를 거닐며 이런 얘기를 나눈다. 쇼타는 아저씨가 자꾸만 아버지라 부르라고 한단다. 이러면서 만약에 린이 노부요한테 엄마라고 부르면 어떤 감정이 들 것 같으냐고 묻는다. 노부요는 글쎄 어떤 기분이 들지 모르겠다면서, 쇼타에게 억지로 아저씨한테 아빠라 부르지 말라고 한다. 아빠라고 부르는 건 중요한 게 아니라고.

아저씨는 아버지로 불리고 싶은 환상이 있다. 그런데 노부요는 엄마로 불리고 싶은 환상이 없다. 아저씨는 부모를 알 수 없는 쇼타를 길에서 데려와 자기와 똑같은 이름을 지어 주었다. 혈연에 대한 가부장의 감정이 강하게 끌리는 걸 볼 수 있다. 본인의 가계를 이어가고 싶어 하는 가부장의 의식이 엿보인다.

쇼타는 물건을 훔치다 어느 날 경찰에 걸리고, 이 사건으로 인해서 좀도둑 가족은 경찰에 붙잡히게 된다. 할머니를 마당에 묻어 시신을 유기한 죄까지 밝혀진다. 이 대목에서 경찰은 가족이 몇 명이었는지 알려고, 린에게 여름에 놀러 갔을 때의 그림을 그려 보라 한다. 그런데 린은 정확하게 할머니는 빼고 그림을 그려 놓았다. 이 대목도 참으로 흥미롭다.

이 영화는 끝으로 갈수록 감동적이다. 경찰은 취조 과정에서 노부요에게 린이 집에 가고 싶어 해 보냈다고 말하니까, 절대 그럴 리가 없다고 믿지를 않는다. 노부요는 절대 그럴 리가 없다며, 낳으면 다 엄마가 되느냐고 묻는다. 경찰이 "두 아이는 당신을 뭐라고 불렀느냐."고 묻자, 이 대목에서 노부요는 말을 채 잇지 못하다가 하염없이 운다. 이 대목이 참으로 압권이었다.

눈물은 무의식을 상징하는 가장 강력한 기호이다. 저 질문은 노부요의 무의식 어디를 건드린 것일까? 이 장면은 〈어느 가족〉의 마지막 장면과 비교가 되어 아주 인상 깊이 남는다.

결국 린은 자기가 살던 곳으로 돌아가고 말았다. 집으로 돌아온 린은 엄마에게 앞에서 말한 저 이중구속의 장면을 그대로 당하고 있다.

집으로 돌아온 쥬리(린)는 엄마와 둘이 다시 마주쳤다. 쇼타 오빠와 놀던 구슬을 보고, 이 속에 바다가 들어 있고 우주가 있다고 말하고 싶어 엄마에게 달려갔는데, 맞아서 얼굴에 상처가 난 엄마는 바쁘니까 저리가 있으란다. 잠시 뒤 "죄송합니다, 라고 해야지." 해 놓고 아이가 멀리 있으니까 이번에는 얼굴을 바꾸어서 친절하게 "새 옷 사 줄 테니까 이리 좀 올래?" 한다.

아이는 안 가려 고개를 젓고, "아니 왜 그래 이리 와 봐." 엄마는 또 이렇게 말하고. 아이는 결국 원점으로 돌아온다.

그렇다면 아이가 저 이중구속에서 벗어나는 길은 없을까.

『마음의 생태학』에서 그레고리 베이트슨이 하는 말을 한 번 더 들어보자.

"아이는 이(이중구속) 상황에서 벗어나기 위해 다양한 방법을 시도한다. 예를 들면 아빠나 가족의 다른 구성원에게 의지하려고 한다. 하지만 우리의 예비적 고찰에 의하면 정신분열증 환자의 아빠는 아이가 의지할 만큼 충분히 믿을 만한 존재가 아닌 것 같다. 아빠가 엄마의 기만의 본질에 대해 아이에게 동의할 경우, 아빠 역시 엄마와 자신들 관계의 본질에 대해 인식할 필요가 있는 곤란한 위치에 있게 된다. 따라서 그들은 그렇게 할 수 없으며, 자신들이 해 온 행동양식으로 그녀를 계속 사랑한다.

더욱 문제는 엄마가 아이가 타인의 도움 받는 걸 반대하는 데 있다. 사랑받고 필요한 존재가 되고 싶은 엄마의 욕구는 아이가 예컨대 선생과 같은 주변 사람들로부터 도움 받는 것을 막는다. 이런 특징을 가진 엄마는 다른 사람에 대한 아이의 애착에 위기의식을 느끼면서 그것을 단절시킬 것이고, 아이가 자신에게 의지하면 당연히 불안을 느끼면서도 아이를 다시 가까이 두려고 할 것이다.

아이가 진짜로 이 상황을 벗어날 수 있는 유일한 길은 엄마에게 자신을 몰아넣은 모순적인 입장에 대해서 말하는 것이다. 그러나 그가 그렇게 한다면, 엄마는 이것을 자신의 모성에 대한 비난으로 여기고 아이를 처벌하거나, 상황에 대한 아이의 지각이 왜곡된 것이라고 주장할 것이다." (『마음의 생태학』, 347~350쪽 내용 참고 정리)

이 이야기를 들어보면 더욱 안타깝다. 저런 이중구속 상태에 빠진 아이가 어떻게 엄마의 모순성에 대해 이야기를 할 수 있을까. 결국은 아이를 이중구속 상태에 빠지게 만든 엄마 아빠의 마음 상태에 대한 근원적인 문제의식이 있어야 할 것 같다. 이 토론을 위해 우리 근대인들의 의식을 지배하는 두 개의 강력한 설화를 먼저 살펴보자.

지금도 아동문학 판에서 여전히 베스트셀러인 작품이 있다. 『아낌없이 주는 나무』는 1964년에 초판이 나왔는데 지금까지도 베스트셀러의 자리를 지키고 있다. 왜 이렇게 이 책이 읽히는 걸까? 흥미롭게도 아이들에게 이 책을 읽히면 많은 아이들이 소년 캐릭터를 보고 "얘, 사이코 아니에요?"하고 묻는다.

나무에게 사랑하는 소년이 있었다. 날마다 숲속에 와서 나뭇잎으로 왕관을 만들어 쓰고 숲속의 왕 노릇을 하였다. 나무와 소년은 한 몸처럼 사랑을 하다가 시간이 흘러 나이가 들었다.

소년은 나이가 들어서 이제 놀이 세계를 떠나 물건을 사고 싶고, 돈이 필요한 존재가 되었다. 돈을 좀 줄 수 없느냐 나무에게 물으니, 나무는 돈은 없고 대신 사과를 따다가 팔라고 한다. 소년은 사과를 따 갔고 나무는 행복했다. 소년의 요구는 계속된다. 숲의 왕 소년은 이기심에 눈이 먼 세속의 존재가 되어 나무를 이용하는 데만 정신이 팔려 있다. 끊임없이 소년은 요구하고 나무는 베푼다. 나중에는 자신의 몸까지 다 내주어, 이제는 밑동만 남았다. 이 상태가 되어서, 나무는 이제는 행복할 수 없는 존재가 되었다. 그 이유는 소년에게 더 이상 내줄 것이 없다고 생각되었기 때문이다. 소년이 늙어서 노인이 되어 나무를 찾아왔을 때, 나무는 밑동에라도 앉아서 쉬는 모습을 보고, 거기에서라도 행복감을 느끼는 이야기로 끝이 난다.

　아이들은 소년 캐릭터를 보고 사이코 같다고 말하는데, 어른들은 이 책을 왜 그렇게 읽히는 것일까.

　나무는 고대로부터 여신의 상징이다. 여성을 상징한다. 나무 여신은 완벽하게 모든 걸 내주는 희생과 헌신의 상징이 되어 있다. 근대인들은, 특히 전통적인 가부장의 가치관을 가진 사람들일수록 저 모든 걸 내주는 나무 여신의 상징과 어머니를 동일시할 것이다. 근대 보수적인 교육 과정을 통해서도 저 어머니상이 강조된다.

아낌없이 주는 나무 여신과 소년의 관계를 보면 한 가지 흥미로운 관점이 드러나 보인다. 소년은 자기 욕망을 추구하는 존재로 보이는데 비해서, 나무는 자신의 욕망은 거세된, 주는 존재로만 그려지고 있다. 근대인들에게 어머니는 자기 욕망이 거세된, 오직 자식들을 길러 내는 자연의 생식 본능을 가장 우선시하는 이미지로만 여겨져 왔다.

아이를 이중구속에 빠뜨린 엄마들의 마음은 인정을 받고 싶은 욕구 때문에, 아이를 남에게 맡기기 어렵다고 말한다. 아이가 남에게 애착을 가지면, 금방 엄마는 불안감을 느끼며 아이들로 하여금 접촉을 차단한다. 그래서 아이는 타자와 소통하는 감각도 기를 수 없는 상태에 빠진다. 〈어느 가족〉에서처럼 쥬리(린)는 엄마에게 돌아와, 영락없이 이 상태에 빠졌다. 엄마는 남편에게 폭력을 당하면서 아이를 방치하는 한은 있어도, 이 문제를 타인에게 상담을 하거나 도움을 청하지도 않는다. 아이에게 모든 걸 다 베푸는 여신으로 인정받고 싶은 긍정적인 어머니상의 과도한 욕구가 저 쥬리 엄마의 내면에도 분명 존재하는 것이다.

현대 동화는 여성이 헌신과 희생의 매개항으로 등장하는 이야기에 대해 끊임없이 질문을 하고 의문을 보낸다. 이 토론은 뒤에서 해 보기로 하고, 아래 신화를 한 번 더 보자.

　니브히족 사냥꾼이 곰의 굴에 떨어져서, 곰 사회의 일원이 되어 며칠 동안 머무르고 있었습니다. 곰은 이 사냥꾼을 극진히 대접해주었습니다. 왜냐하면 니브히족 사람들이 성대한 의식을 치러, 많은 공물이나 먹을 것을 곰들의 정령 세계로 보내 주고 있었기 때문입니다. 곰의 굴 속에는 곰의 정령들이 살고 있었습니다. 그들은 인간과 똑같은 모습을 하고서 사회생활을 영위하고 있었습니다. 밖에 나갈 때는 벽에 걸려 있는 곰의 외투를 걸칩니다. 그러면 곰의 정령은 육체를 갖춘 실제의 곰이 됩니다.

　봄이 되었습니다. 인간들이 사는 하류 쪽으로부터, 사냥꾼들이 사냥을 나가는 모습이 자주 곰들의 눈에 띄었습니다. 그러자 곰들의 회의가 열렸습니다. 인간이 준 선물에 대한 답례로 이번에는 누가 곰의 몸이 되어 인간들에게 곰의 고기와 털가죽을 가져다주는 역할을 할 것인지 결정해야만 하기 때문입니다. 아무리 서로 이야기해 봐도 수곰들은 꽁무니를 빼며, 자진해서 그 역할을 맡으려 하지 않았습니다. "아파서 말이야"라거나 "다시 정령으로 돌아오는 순간의 고통이 끔찍해서 말이야"라는 식의 변명을 하며, 어느 누구도 손을 들려고 하지 않는 겁니다. 그야말로 우리 주위에서 흔히 볼 수 있는 모습이지요.

그런 수곰들의 대화를 듣고 있던 암곰 한 마리가 애를 태우다가 결국 화를 벌컥 내며 이렇게 말했습니다. "어느 놈이건 정말 한심한 겁쟁이들뿐이로군. 사람한테 받은 선물을 맛있게 먹을 줄만 알고, 갚으려는 훌륭한 마음을 가진 곰이 이 중에 한 마리도 없단 말인가? 그렇다면 좋아. 내가 인간의 손님으로 내려가 주지." 그러더니 암곰은 외투를 걸치고 밖으로 뛰쳐나갔습니다. 밖에는 니브히들의 창이 기다리고 있었지만, 용감한 암곰은 바로 곰의 정령의 세계에 머무르고 있는 니브히 남자의 아내였습니다. (『대칭성 인류학』, 178~180쪽)

이 신화를 몇 번이나 되풀이해 읽어 보아도 늘 변하지 않고 꽂히는 장면이 있다. 다른 수곰들은 다 이러니 저러니 핑계를 대고 인간계로 내려가려 하지 않는다. 그러자 그것을 보다 못한 암곰이 "어느 놈이건 정말 한심한 겁쟁이들뿐이로군." 하면서 외투를 걸치고 밖으로 뛰쳐나갔다.

이 장면에서 '아, 결국은 암곰이 죽음의 길을 택하는구나. 여성이 죽음의 길을 택하는구나. 인간계와 동물계를 잇는 매개항의 연결고리는 암곰이고, 여성이구나.' 하는 생각에 가슴이 짠하다. 존재와 존재, 공간과 공간을 매개한다는 것, 이것은 매우 힘든 일이다. 그 어떤 존재가 운명적으로 감당해야할 가장 낮은 자리에서 벌어지는 매우 고통스런 일인지도 모른다. 이 힘든 일을 위 신화에서는 여성이 감당하고 있다.

만약에 저 암곰이 인간계로 내려오기를 거부한다면, 결국 인간계와 동물계는 서로 맥이 끊기고 말 것이다. 두 우주가 하나로 돌게 되는 것은, 두 세계를 넘나드는 저런 매개항의 존재들이 살아 있기 때문이다. 저 암곰이 바로 두 존재를 잇는 매개항의 상징적인 존재이면서, 매개항 코드를 드러내 보여 주는 신화 속 주인공 역할을 하고 있다.

저 암곰은 자신의 모든 것을 내주는 사신행 코드의 대표적인 이미지로 작동하고 있다. 아낌없이 주는 나무 여신과 동일한 이미지라 할 수 있을 것이다.

우리는 여기에서 『아낌없이 주는 나무』와 같은 여신의 긍정적인 어머니상이 갖고 있는 이중성을 깨닫게 된다. 여성에게 부여된 긍정적인 어머니상에는 희생양 이미지가 들어있다. 남성의 가부장 사회가 여성에게 부여한 이 긍정과 희생, 양면의 관점에 대하여 많은 현대 동화 작가들이 의문을 제기하는 작품을 아이들에게 들려주고 있다.

그런데도 많은 사람들이 『아낌없이 주는 나무』와 같은 작품을 아이들에게 읽히려 하는 데는, 실제로 무언가를 주었을 때 되돌아오는 기쁨을 느꼈기 때문일 것이다. 증여에서 오는 충족감을 느꼈기 때문에, 그런 마음의 경험을 투사하면서 읽을 것이다.

그러나 우리는 앞서 2장에서 살펴보았듯이 레비스트로스가 해 준 말도 떠올려 봐야 할 것이다. 과도한 사랑의 남용은 이미 맺었던 관계를 다시 분리시켜 버린다는 것을. 아낌없이 주는 나무가 너무나 과도하게 사랑을 남용한다고 느꼈기 때문에, 독자인 아이들도 부담을 갖는 것이다.

근대 역사를 거쳐 오면서, 아이들 내면에는 아주 강력하게 두 가지의 설화가 무의식에 자리하는 교육을 받아 왔다.

그 하나가 앞에서 말한 여성에게 긍정적인 어머니상으로 주입한, 모든 것을 끊임없이 내주는 희생과 헌신의 이미지이다. 또 하나의 이미지는 바로 부와 권력을 함께 쥐고 자신에게 복종과 헌신을 요구하는 강력한 권위를 가진 남성 신의 이미지이다. 이 남성 신의 이미지가 그대로 근대 사회와 가족구조로 옮겨 와서 가부장의 아버지 신화를 만들어 냈다.

그럼 여기서 그림 형제가 재화한 「돈이 된 별」이란 민담을 한 번 더 감상해 보자.

옛날 아빠 엄마가 모두 세상을 떠난 한 작은 소녀가 살았습니다. 너무나 가난해서 살 방도 없고, 잘 침대도 없고, 그저 몸에 걸친 옷 한 벌과 마음 따뜻한 사람이 준, 손에 든 빵 한 쪽밖에 없었지요. 하지만 소녀는 착하고 신앙심이 깊었습니다. 사방에서 버림받은 소녀는 하느님을 믿고 들판으로 나갔습니다. 그런데 거기서 만난 가난한 사람이 말했습니다.

"얘야, 먹을 걸 좀 주겠니? 너무나 배가 고프구나."

아이는 빵을 모두 주면서 말했습니다.

"하느님의 축복을 빌어요!"

그리고 계속 가다가 한 아이를 만났어요. 아이가 괴로워하면서 말했습니다.

"머리가 너무 추워. 머리를 가릴 수 있는 거라면 아무거라도 좀 줘!"

소녀는 모자를 벗어서 아이에게 주었습니다. 그리고 조금 더 가다가 다시 웃옷도 없이 떨고 있는 아이들을 보고 자기 것을 벗어 주었습니다. 더 가다 만난 한 아이가 치마를 달라고 해서 그것도 벗어 주었지요.

마침내 숲으로 왔을 때는 날이 이미 어두워져 있었습니다. 그때 또 한 아이가 와서 속옷을 달라고 했습니다. 신앙심 깊은 소녀는 어두운 밤이니까 속옷을 줘도 될 거라고 생각하고는 벗어서 건네주었습니다. 아무것도 입은 것 없이 그렇게 서 있을 때, 갑자기 하늘에서 별이 쏟아져 내리더니 반짝반짝 빛나는 동전이 되는 거예요. 방금 옷을 벗어 주었는데 말끔한 새 옷도 입고 있었지요. 소녀는 돈을 주워 가지고 가서 평생 넉넉하게 살았답니다. (『그림 메르헨』, 478쪽)

고아 소녀의 이미지는 겉으로는 아낌없이 주는 나무 여신과 닮아 있고, 인간계와 동물계를 이어 주는 암곰이 택했던 사신행의 삶과도 닮아 있다. 그런데 한 가지 다른 점이 있다. 저 소녀 위에는 하늘신이 존재하고 있다. 돈을 뿌려 줄 수 있는 부의 능력을 겸비한 강력한 권위를 가진 신이다. 신은 소녀에게 끊임없는 희생과 헌신을 요구하고 있다. 그림 형제는 강력한 신에게 복종하고 그럴 때 얻어지는 물질과 영혼의 평안에 대해 기독교적 비유를 차용한 설화를 전파하고 있다.

위와 같은 신화 이미지를 반복해서 학습하며 아이들은 자라난다. 과도한 사랑의 남용은, 그러니까 엄마 쪽에는 헌신과 희생의 남용, 아버지 쪽에서 볼 때 과도한 권력의 남용은 가족 구조 내에서 아이들에게 이중구속에 갇힌 분열을 가져오는 근원이 되기도 하는 것이다.

내가 아는 한 아이가 있다. 엄마가 일찍 집을 나가, 할머니가 아이를 길렀다. 아이가 커서 학교에 들어갈 나이가 되자, 할머니는 아이에게 특별한 주문을 하였다. 학교에 가거든 엄마와 지낸다고 말하라고 하였다. 엄마가 집을 나가서 할머니가 기르는 걸 알면 아이들이 놀릴 거라 생각한 것이다. 할머니의 내면에는 아마도 엄마라면 아이를 길러 내고, 아이를 위해 희생을 해야 한다는 긍정적인 어머니상에 대한 고정관념이 작동을 하였을 것이다.

그래서 아이는 학교에 가면 엄마와 함께 산다고 거짓말을 해야만 하였다. 무엇이든지 할머니가 아니라, 엄마가 챙겨 주었다고 말을 해야 했다. 엄마와 함께 산다고 말하라고 한, 할머니의 일차 명령은 아이 가슴에 엄청난 파도를 일으켰다. 아이는 늘 자신이 진술하는 메시지와 메타메시지 사이에 분열을 경험해야만 했던 것이다.

아이는 너무나 정직해서, 이 거짓말이 괴로운 나머지 자기 스스로, 자신에게 벌을 주었다. 쉬는 시간 아이들이 복도로 쭉 몰려 나가면 일부러 아이들 앞에 벌러덩 누웠다. 그러면 아이들이 발에 걸린다며 일부러 차고 밟고 지나갔다. 아이 스스로 아이들에게 그렇게 하게끔 하였다.

존재는 하나의 이미지이고 기호이다. 자신이 겉으로 드러내는 이미지는 하나의 코드가 되고, 상징이 되고, 개념이 되어서 소통하는 사람들에게 감정을 불러일으킨다. 아이는 솔직해서 자신이 친구들에게 발신하는 메시지와 메타메시지의 분열을 참기 힘들었다. 이런 분열에서 나오는 아이의 자연스럽지 못한

기이한 행동을 보고 반 아이들은 아이를 무시하였다. 아이는 친구들로부터 떨어져 나가기 싫어서, 이런 행동을 통해서라도 친구들 곁에 달라붙어 있으려 한 것이다.

아이들이 우하고 몰려 나가면 아이는 일부러 지나는 아이들 앞에 그렇게 벌러덩 누워 버린다. 교실도 삶의 공간이며, 삶의 공간은 하나의 텍스트이다. 삶의 공간을 살아가는 아이들은 하나의 기호이며 이미지들로, 이 살아있는 기호와 이미지들은 각자 나름의 이야기를 생산해 낸다.

할머니의 가부장적 가족제도가 강요한 긍정적인 어머니상에 대한 고정관념에서 비롯된 아이에게 주어진 일차 명령은 아이에게 엄청난 이중구속의 딜레마를 만들어 내고 있다. 저 이중구속의 끝은 앞서도 말한 것처럼 아이가 할머니에게 자신을 이 지경으로 몰아넣은 모순적 상황에 대해 말을 하는 것인데, 이건 결코 쉽지 않을 것이다. 아이가 말을 하면 할머니는 엄마를 대신해서 내가 너를 키우느라 얼마나 고생을 하고 있는데 그런 말을 하느냐며 아마도 아이에게 벌을 내리거나 아니면 회유를 할 것이다. 아이 아버지 역시 할머니 편을 드는 건 물론이다. 아버지가 아이 편을 들려면, 자신이 아이 엄마와 함께 살면서 있었던 그 많은 모순적인 상황에 대해서 돌아보고 고백을 하는 과정을 거쳐야 한다. 아버지는 이 모든 상황을 헤쳐 나갈 자신이 없을 것이기에, 할머니 편을 들지 않을 수 없을 것이다.

저 아이에게도 문학이 필요한 이유가 여기에 있다. 아이는 지금 이중구속에 갇혀 고립된 자리에 머물러 있다. 꼭 할머니가 아니더라도 아이는 누군가와 자신을 이중구속에 빠뜨린 갑갑한 상황에 대해 자신의 언어로 표현할 수 있는 소통의 경험을 해 봐야 할 것이다. 자신의 내면을 고백하고 드러내 주는 이야기 배를 한 번이라도 타 볼 수 있는 기회를 제공해 주는 일, 이 작업이 바로 문학을 즐기는 시간이고, 아이들에게 작품을 읽어 주는 시간이다. 이런 들려주고 듣는 과정을 통해서 아이들은 자신의 내면을 남에게 고백할 수 있는 용기와 감각이 열린다. 그러면서 위기 때마다 내면을 감추고 현실을 회피하게 만드는 상황에 굴하지 않고, 자신의 온전한 내면 여행을 하도록 돕는 이야기 배를 만들어 친구와 함께 아픔을 나누는 힘을 길러 갈 것이다.

최근 아동문학 판에 살면서 가장 기억에 남는 사고의 전환을 가져오게 한 작품을 들라면 어린이가 쓴 시집인 『솔로 강아지』(이순영, 2015년)를 들겠다. 나는 이 작품이 책으로 출간된 시점을 기준으로 해서 한국 아동문학 판이 확실하게 근대를 넘어, 근대 이후 디지털 사이보그 시대로 들어섰다는 생각을 지울 수 없다.

기존의 나의 언어로는 감당하기 힘들었던 아이 캐릭터가 시의
옷을 입고 태어난 것이다.

잔혹 동시라 이름 붙여졌던 「학원 가기 싫은 날」이란 작품
을 보자.

> 학원에 가고 싶지 않을 땐
> 이렇게
>
> 엄마를 씹어 먹어
> 삶아 먹고 구워 먹어
> 눈깔을 파먹어
> 이빨을 다 뽑아 버려
> 머리채를 쥐어뜯어
> 살코기로 만들어 떠먹어
> 눈물을 흘리면 핥아 먹어
> 심장은 맨 마지막에 먹어
>
> 가장 고통스럽게

아이는 엄마의 가슴에 비수를 날리고 있다. 이 시가 나오기
전에 아동문학 판에서 가장 많이 읽힌 작품은 『마당을 나온 암

닭』이었다. 어린 생명을 길러내는 모성을 신화화한 작품이다. 이 작품이 나온 해가 2000년이었다.

이 작품은 다시 읽어 봐도 마지막 장면은 가슴이 짠하다. 주인공 잎싹(암닭)이 천둥오리 알을 품어 초록머리를 길러 떠나 보낸 뒤, 빈 둥지가 되어 마지막에는 자신을 괴롭히던 족제비에게 잡아먹히는 장면이다. 이 작품에서 모성은 어떠한 악조건에서도 견뎌 내는 삶의 전형을 보여준다. 희생을 극대화시킨 캐릭터의 역할을 담당하고 있다. 새끼를 키우는 족제비에게 자신을 내주고 마는 잎싹은 모성을 하나의 우주적인 지배 원리와 같은 절대 가치로 승화시키는 역할을 담당하고 있다. 역시 이 잎싹의 이미지에서도 아낌없이 주는 나무 여신의 그림자가 보이고, 자신을 기꺼이 내주던 암곰의 이미지까지 느껴진다. 희생과 헌신의 아이콘이다.

이렇게 아이를 품고, 아이를 위해 헌신하는 모성의 신화를 가슴에 간직하고 살아가는 교육적인 어른들에게 당돌하게도 어린 꼬마 시인이 저런 비수 같은 언어의 화살을 날렸다. 이 모성의 신전 뜰에서 즐겁게 뛰어 놀아야 할 천사 같은 아이가 신전 자체를 파괴시키려 들고 있는 것이다. 이 시가 나오자 언론에서는 즉시 이 시가 갖고 있는 도덕성과 교훈성의 문제를 거론하였다. 어린이들이 읽는 시가 이렇게 잔혹한 내용을 담아서 아이들 교육에 어떤 영향을 미치겠느냐면서 즉각 이 시집을 매장에서 거두어들일 것을 요구하였다.

이 시를 어떻게 볼 것인가?

이 잔혹 동시를 쓴 시인은 〈어느 가족〉 영화에 나오는 린(쥬리)과도 다르다. 긍정적인 어머니상에 갇혀 있는 헨젤이나 그레텔과도 다르다. 아낌없이 주는 나무 여신의 이미지와도 다르다. 우주의 질서를 유지하기 위해 기꺼이 자신이 희생하는 암곰의 이미지와도 다르다.

어린이 시인은 자본주의와 가부장의 가족제도가 결탁하여 만들어 낸 남근 가진 어머니상의 얼굴을 하고 있는 교육 엄마에게 반기를 들고 있다. 아이를 이중구속에 빠뜨리는 긍정적인 어머니상에 사로잡혀 기꺼이 할 말을 하지 못하고 정신분열증 같은 고통을 당하는 아주 많은 아이들의 모습과도 다르다.

이 모든 기존 이미지들을 부정하며 자신의 욕망에 충실해 보이는 당돌한 어린이 시인의 캐릭터를 어떻게 볼 것인가? 이 문제는 현대 동화 작품과 함께 다음 장에서 깊이 있게 토론을 이어 가 보면 좋겠다.

현대 동화 작가들은 작품 속 어린이 주인공으로 하여금 과도하게 작동하는 아버지의 권위에 도전하고, 헌신과 희생을 강요당해 왔던 어머니가 자신의 욕망을 찾아가는 인생의 과정 자체를 인정하는 이야기를 만들어 내고 있다.

4장

가부장의
일방적인 권위를 깨는
어린이 캐릭터들

잔혹 동시를 쓴 어린이 시인이 엄마하고 인터뷰한 내용을 살펴보면, 아이가 겉으로 보이는 모습은 제 나이 또래의 아이들과 전혀 차이가 없다. 아이들이 좋아하는 대중 가수의 노래를 즐기고, 오빠와 늘 으르렁 거리며 싸우기도 하고, 무엇보다도 엄마가 오빠하고만 더 잠을 자서 그게 불만인 아이다.

그런데 이 아이 내면에서 나온 시는 저런 내용을 담고 있다. 겉으로 보이는 모습과, 아이 내면에 들어있는 내면 아이는 저렇게 다른 것이다. 내가 보기엔 이 아이야말로 아주 건강한 아이다. 아이들은 누구든지 일정 기간 엄마와 상상 공동체로 살아간다. 자아가 생기기 이전 엄마와 완전히 한 몸이었을 때 가졌던 상상의 공간에서 아직 완전히 분리되어 나오지 못한 것이다. 그러니 아이는 엄마와 조금이라도 더 자고 싶다.

그런데 문화적인 심층에서 아이는 엄마에게 절대적인 반기를 들고 있다. 모성 이데올로기의 기반이 되는 가족(가정)이란 개념은 근대에 태어난 산물이다. 1990년대 우리 아동문학 판에도 중산층 개념이 작동하면서 가족주의 개념이 더욱 강화되었다. 신자유주의 시대에 가족의 개념은 학벌주의를 내세운 근대 교육과 합쳐지면서 더욱 폐쇄적인 공간, 은밀하면서도 사적인 공간으로 변화되었다.

가정(가족)이라는 폐쇄된 공간 속에서 엄마는 쓰러져서는 안 되는, 절대적으로 자기 관리를 잘 해 내는 모범이 되어야 하고, 끊임없이 아이 또한 관리해 내야 하는 감시자가 되어야 한다. 학벌주의 시스템 속으로 아이를 편입시키기 위해, 엄마가 먼저 자기 욕망은 숨기거나 아니면 스스로 거세한 모습을 보여야만 한다. 엄마는 아이의 행복을 위해서 보호라는 이름으로, 사랑이란 이름으로 아이들을 통제하고, 아이의 욕망을 거세하는 논리를 강요하는 가부장의 언어까지도 사용해야 하는 이중 삼중의 역할을 감당해야만 한다. 물론 예외도 없지 않겠지만 이런 모습이 보편적인 한국 엄마들의 상황이 아닐까 싶다.

아이는 두 가지 면에서 엄마와 갈등을 겪고 있다. 상상 공동체로서 아이는 엄마를 남용하여 엄마하고만 잠을 자면 좋겠는데, 엄마는 아이의 욕망을 받아 주지 않고 있는 것이다. 그런데 엄마 또한 아이를 남용하고 있다. 엄마는 아이를 학벌주의 시스템 속으로 편입시키고 싶은 마음을 남용하여 자기 마음대로 놀면서 일상을 즐기고 싶은 아이의 욕망을 억압하고 있는 것이다.

보통 엄마들은 아마도 아이를 학벌주의 시스템 속으로 밀어넣으면서 끊임없이 메시지와 메타메시지가 일치하지 않는 언어를 사용할 것이다. 엄마들은 자신이 아이의 미래를 위해서 자신의 욕망은 유보한 채 희생을 하고 있다는 식으로 이야기를 할 것이다. 엄마에게 설득당한 아이들은 처음에는 이런 엄마의 메시지와 메타메시지의 불일치에 대해 의심하고, 엄마도 엄마의 행복을 찾아가라고 대들기도 하고 싸우기도 하지만, 점차로 자신이 해석했던 메타메시지 해석 능력을 포기하고, 엄마에게 맞추려는 시도를 하기 시작한다. 아이들은 엄마를 희생과 헌신의 아이콘으로 보기 시작하는 것이다. 이 영락없는 이중구속의 상황에 갇히지 않으려고 지금 저 잔혹 동시를 쓴 아이는 강렬하게 저항하는 언어를 날린 것이다. 아이는 시에서 엄마에 대한 조금의 연민도 보여 주지 않고 있다.

엄마가 아이를 학벌주의 시스템 속으로 몰아가는 과정에서 엄마는 대개 아버지의 권위를 위임받거나, 아니면 아버지의 권위를 독점하여 아이 위에 군림하는 경우를 종종 본다. 이 경우에 아이는 아무리 아빠한테 엄마가 자신을 남용하는 문제에 대해 도움을 청하고 싶어도, 아빠가 동의해 주지 않을 것이다. 이 역시 전형적인 이중구속의 자리에서 벌어지는 현상을 닮아 있다.

『괴물들이 사는 나라』(모리스 샌닥)란 그림책이 있다. 이 책이 서양에서도 처음 나왔을 때는 도서관에도 비치해 놓지 않았다. 아이가 엄마를 잡아먹겠다는 매우 비교육적인 언어가 들어 있기 때문이었다.『괴물들이 사는 나라』는 어른이 만든 작품이기 때문에 차이가 있긴 하지만 결과적으로 잔혹 동시를 보는 관점이나 크게 다를 바가 없다. 『괴물들이 사는 나라』는 서양에서 1963년에 출간되었다. 우리나라에서는 판권을 보니 1996년에 초판이 발행되었다. 역시 상당한 시차가 난다.

『괴물들이 사는 나라』를 다시 한 번 이중구속의 관점에서 살펴보니 흥미로운 스토리텔링이 떠오른다. 엄마 아빠 아이로 이어지는 가족주의 삼각형에서 가만히 보면 이 작품에는 아버지가 부재한다. 엄마와 아이의 갈등만이 전면에 부각되어 있다.

전통적으로 내려온 옛이야기들을 살펴보면 대개는『헨젤과 그레텔』처럼 아버지의 권위는 마지막까지 훼손되지 않는다. 아이는 엄마와의 갈등 모험을 다 거치고 난 다음에 집으로 돌아오는데, 엄마는 세상을 떠났어도 아버지는 건재하여 아이들을 받아들인다. 아이들이 집으로 회귀하는 여행을 했을 때 아버지의 권위에 손상이 가는 법은 없는 것이다.

『괴물들이 사는 나라』에서도 맥스는 엄마가 놀지 못하게 하니까, 엄마를 잡아먹어 버릴 거란 말을 한다. 화가 난 엄마는 맥스를 방에 가두어 버린다. 엄마와 아이 사이에 갈등이 벌어졌다. 아빠는 이 공간에서 부재하다. 방 안에 갇힌 맥스는 혼자서 깊은 내면 여행을 한다. 내면의 공간 속으로 들어가는데, 여기서 괴물들을 만난다. 이 괴물들은 누구의 분신일까. 아이 마음속에 근본적으로 존재하는 가족주의 삼각형에서 아빠의 분신일까. 맥스는 괴물들과 신나게 논다. 이 장면은 아버지가 엄마에게 모든 권위를 위임하거나 아니면 엄마가 독점을 해서, 아버지하고는 통할 수 없던 맥스가 내면에서라도 아빠하고 놀고싶은 간절한 바람을 표현한 것인가?

맥스는 더 놀자는 괴물들의 요구를 뿌리치고 다시 돌아온다. 회귀적인 여행을 하고 나서 엄마와의 상상 공동체 속으로 다시 편입해 들어와 일상의 공간을 회복하였다. 그러나 일상의 공간으로 되돌아왔을 때도 역시 아버지는 부재하다. 괴물 옷을 입고 여행을 하던 맥스는 집에 돌아와서는 괴물 모자를 벗는다. 바깥세상으로 통하는 열려진 창문은 이제 맥스가 가족주의에서 벗어난 존재가 되는 가능성을 상징하는 것인가? 이렇게 과감하게 해석을 해도 괜찮은 건지 모르겠으나 이 작품에도 아버지는 부재하다.

　보는 시각에 따라서 잔혹 동시를 쓴 이 장래 사이보그 여성인간으로 자랄 가능성이 충분한 아이는 아버지의 권한까지 위임받든지 아니면 독점해서 자신에 대한 사랑을 남용하려는 엄마에게 비수와 같은 화살을 날렸다.

　이 시를 우리는 이렇게 긍정적인 의미로 해석할 수는 없을까? 이 아이가 사용하는 언어는 오히려 엄마를 사랑하기 때문에, 엄마를 저 이중구속의 굴레에서 해방시켜 주기 위해 엄마의 무지를 깨우치려는 무의식에서 나온 시적인 언어가 아니었을까? 저 잔혹 동시의 언어는 이중구속의 굴레 속으로 빠져 들어가는 모든 어린아이를 대변해서 나온 광야의 소리 같은 언어가 아니었을까? 아이들 무의식은 저만큼 앞서 가는데, 어른들은 아직도 근대의 고정관념에 갇혀 아이들과 소통하는 언어 감각을 잊어버리고 있는 것이 아닐까?

　문학이 교육의 범주로 들어오면서 많은 부분이 깎이고 훼손되어 교육용이란 이름으로 문학 본래가 갖고 있던 무의식의 언어들이 존중받지 못하는 경우가 많다.

디지털 시대 원주민인 아이들이 살아가는 이 시대는 경계가 허물어진 시대이다. 인간과 동물, 인간과 기계의 경계가 허물어지고, 어른과 아이의 경계도 일찌감치 허물어지고 말았다. 디지털 공간 속에서 아이들은 어른들과 거의 같은 문화를 공유하고 있는 것이다. 같은 뉴스를 보고, 같은 영화를 본다. 이 경계가 허물어진 시대에 어른들은 아이들에게 당위적인 도덕관념을 아직도 강요하고 있다. 저 잔혹 동시를 쓴 어린 여성인간은 당위적인 도덕관념에 갇혀 있지 않다.

당위적인 도덕관념에 갇혀 있지 않은 아이를 어떻게 볼 것인가? 지금 아동문학을 하는 작가들은 말할 것도 없고, 아이를 키우는 부모들 또한 이 물음에 어떤 식으로든 답을 해 봐야 한다. 저 아이는 미래에서 온 아이이고, 기존의 어른들이 갖고 있는 고정관념으로는 이해하기 힘든 캐릭터가 탄생했다고 봐도 좋을 것이다.

니체는 이런 질문을 던진다.

도덕적이고 윤리적이며 인륜적이라는 것은 오랫동안 확립되어 온 법이나 전통에 복종한다는 것을 의미한다. 기꺼이 복종하든 마지못해 복종하든, 그것은 중요한 문제가 아니다. 복종한다는 사실만으로도 충분하다. 오랫동안 물려받아 마치 천성인 것처럼 쉽게, 그리고 기꺼이 관습에 따라 행동하는 자는 '선하다'고 불린다.…… 악하다는 것은 곧 '관습에 매이지 않는'(비 관습적인) 것이고, 나쁜 관습을 행하는 것이며, 전통이 아무리 합리적이든 어리석든 상관없이 그것에 대항해 싸우는 것이다.

(「인간적인, 너무나 인간적인」 96절, 『니체 그의 삶과 철학』, 194~195쪽)

저 위의 어린 시인은 모성의 신화에 복종하지 않았다. 아이의 욕망을 무시하면서 어떻게든 학원에 보내려고 하는 신화화된 모성의 여신인 엄마에게 복종하지 않고 있다. 관습에 따라 행동하지 않는 언어를 쓴 저 아이는 그래서 '선'하지 않고, '악'한 행동을 한 것으로 보인다. 아이는 전통적인 관념과 지금 싸우고 있다. 기존의 관념을 깨는 캐릭터는 선과 악의 경계를 넘나드는 인물이 될 것이다. 마치 신화에 등장하는 트릭스터처럼. 지금 우리 시대에 저 아이는 모성의 신화를 깨면서 선과 악의 경계를 넘나들고 있다.

전통 가족 구조 안에서 오랫동안 관습적으로 강요된 도덕적인 의례들에 잘 따르는 여성들은 선하다고 얘기될 것이다. 이런 관습에 매이지 않는 행위들은 악한 행동으로 간주될 확률이 높다. 어떻게 보면 남성 지배 질서를 한번 뒤집을 때는 일단 그 매개항을 담당하는 여성인간들은 악한 사람으로 매도되는 경우가 많을 수 밖에 없을 것이다.

 전제적인 남성 지배 질서의 전복을 위해서는 악동으로 여겨지는 캐릭터, 악마와 같은 모습으로 보이는 새로운 개념의 마녀 캐릭터가 필요한 시대인지도 모른다. 이런 작품들은 물론 당장에는 많이 읽히지도 않고, 가족주의 개념으로 무장한 '홈 스위트 홈'을 외치는 가정이나 공교육 현장에서 받아들이기도 힘들 것이다.

 예를 든다면, 작품에 등장하는 캐릭터들이 악동이나 마녀는 아니지만, 당위적인 도덕관념의 캐릭터에서는 많이 벗어난 『엄청나게 시끄러운 폴레케 이야기』(휘스 카위어) 같은 작품이 있다. 『마당을 나온 암탉』과 한번 같이 놓고 읽어 봐도 좋을 것이다. 1999년에 출간된 이 작품은 『마당을 나온 암탉』이 나오던 2000년에 유럽에서 많은 상을 받았다.

 우리 아동문학 상황을 살펴볼 때, 많은 작가들은 여전히 가족주의 신화 속에 갇힌 모성의 개념 안에서 살고 있는데, 아이들은 저 폴레케 이야기에 등장하는 주인공의 내면과 별반 다르지 않을 정도로 급변해 있다.

 가부장의 질서 체제는 겉으로는 모성의 신화를 긍정적으로 그려 놓지만 결코 아버지의 권위는 손상시키지 않는다. 이중구속의 굴레를 엄마에게 전가한 가부장의 질서 체제에서 어찌 보면 가장 먼저 전복의 대상이 되어야 할 것은 아버지의 일방적인 권위의식이다.

이런 문제를 일찌감치 파악하고, 현대 동화는 철옹성 같던 아버지의 권위를 전복시키기 시작하였다. 서양에서도 1970년 대 들어서면 동화의 내용이 달라지기 시작하였다. 대표적인 작품으로 뇌스틀링거의 『오이대왕』을 들 수 있겠다. 서양에서는 1972년에 이 작품이 나왔는데, 한국에서는 1997년에 초판이 번역되었다.

부활절 아침 식사 때 부엌 식탁 위에 무언가 이상한 것이 앉아 있었다. 길이는 50cm 정도, 오이처럼 생겼는데 머리에 왕관을 쓰고 있다. 빨간 보석이 박혀 있는 황금 왕관이다. 손에는 면장갑을 끼고 발톱에는 빨간색 페디큐어를 칠하고, 이 오이대왕이 한 첫말은 이렇다.

"짐은 트레페리덴 왕조의 구미-오리 2세 대왕이다."

뇌스틀링거는 이 오이대왕과 현대 보편적인 회사원 가정을 하나로 묶어 리얼리즘 성격이 강한 판타지 작품을 시도하고 있다.

오이대왕은 식구들에게 '짐의 손에 입을 맞추며 복종의 예를 갖추라.' 하고, 모두가 성큼 나서지 않자 이렇게 말한다.

"짐은 반란으로 내쫓긴 몸이다. 이곳에 잠시 정치적 망명을

청하노라." (17쪽)

이 집 지하실은 구미-오리들이 사는 공간이다. 이 판타지 세상을 지배하던 구미-오리 대왕이 반란으로 쫓겨 집 안으로 들어온 것이다.

지하실 구미-오리 세상에서 쫓겨 온 구미-오리 대왕을 식구들은 다 삐딱한 눈으로 바라보는데 한 사람만 다르다. 구미-오리 대왕이 잘 침대를 내 달라고 하자 아버지는 이렇게 응답한다.

"제 침대에서 편히 주무시지요. 주무시는 동안 제가 전하를 지켜 드리겠나이다."

이 말을 할 때 아빠는 웃지 않았다. (29쪽)

구미-오리 대왕과 아빠가 다시 하나로 묶였다. 구미-오리와 아빠는 서로가 내면을 나누는 거울로 등장한다.

여기까지만 얘기해도 이 작품의 결말은 예상할 수 있을 것이다. 작가의 의도가 어느 정도 알레고리로 드러난다. 그래도 이 작품이 계속해서 읽히는 이유는 전통적으로 내려오던 아버지의 권위를 전복하려는 언어의 풍자적인 맛, 그리고 익살스럽고 유머러스한 상황 설정과 그 상황을 아주 객관성있게 글 카메라로 찍어내는 문장의 힘을 들 수 있겠다.

가족들의 생계를 위해 열심히 일하는 가장을 이렇게 풍자하니 아버지들로서는 억울할 수도 있겠다. 하지만 문학은 겉으로 드러난 표층이 아니라, 심층 무의식에 작동하는 문제를 꺼낸다. 아버지의 흔들리지 않는 권위를 작가가 저렇게 흔들고 비틀어 보려고 하는 것은 엄마 아빠 아이로 이어지는 가족주의 삼각형의 구조에서 아이가 엄마와 이중구속에 사로잡히지 않으면서, 아빠와의 관계에서는 오이디푸스 콤플렉스에서도 벗어나는 상상력을 제공하기 위함일 것이다. 『오이 대왕』에서도 아이들이 아버지보다 더 지적이고, 세상에 대한 판단력도 더 균형 잡힌 모습으로 나온다.

아버지는 어떤 식으로든 결국은 아이에게 먹히는 존재이다. 아이 스스로 험난한 세상에 나설 때, 자신의 내면을 존중하는 자존감을 얻는데 아빠는 아이의 인생 여정에서 '사랑스럽고 바보스러운 악역'을 맡아 연기할 줄 알아야 할 것이다. 이것이 바로 유머이다.

아이가 화자로 나오고, 아빠의 권위를 전복시키는 이야기에서 작가들은 흔히 유머러스한 과장법적인 문장의 기교를 쓴다. 뇌스틀링거는 작가로서의 성공비법을 이렇게 말했다.

그녀는 자신의 성공비법을 대단한 비밀처럼 여기지 않는다. 성공 비법은 몇 가지 요소들로 이루어진다. 먼저 "아이들이 즐겨 읽고 싶어 하는 것을 어느 정도 추측하고, 또 아이들이 읽어야 할 것을 어느 정도 추측한다." 여기에 "내 영혼과 머리에서 쓰라고 충동질 하는 어떤 것들"에 대해 쓰고 싶은 절실한 욕구가 더해지고 아이들이 흔쾌히 웃을 거라는 확신이 선다. 물론 풍자에 대한 "기막힌 것들과 말놀이를 하고 싶은" 욕구도 더해진다. 이때 어린 독자들은 항상 그녀 편을 들고 어른 독자들은 대부분 트집 잡을 거리를 만든다.

(『크리스티네 뇌스틀링거』, 71~72쪽)

어린이들은 작지만 내면에 들어 있는 언어의 힘은 폭발적이다. 어른의 상상력과 권위를 능가한다. 그래서 아이가 어른의 권위를 풍자하고 전복할 때는 과장법적 기교의 문장이 하나의 마법이 되는 것이다. 리얼리즘 성격이 강한 판타지의 세계를 여는 수단이 되는 것이다.

『오이대왕』 못지않게 어른들을 향해 화살을 쏘아대는 작품이 있다. 로알드 달이 쓴 『마틸다』이다. 이야기 속 화자는 역시 아이다. 아이가 어른의 속물적인 모습을 보고 어른처럼 꾸짖듯이 말한다. 역시 이 말이 아이들답게 유머가 있다. 마틸다는 독서광에 거의 천재 급으로 나오는데, 그 아버지는 가장 한심한 이기적이고 도덕성이라고는 하나도 없는 돈만 아는 속물이다. 마틸다 아버지 웜우드 씨는 이런 사람이었다.

웜우드 씨는 어디든지 조용히 들어올 수 없는 사람이었다.

특히 아침 식사 때는 더욱 그랬다. 항상 우당탕탕 소음이나 시끌벅적 수다를 늘어놓아 자신이 등장하는 것을 그 즉시 사람들이 알 수 있도록 해야만 직성이 풀렸다. 마치 온몸으로 이렇게 말하고 있다는 것을 누구나 알 수 있었다.

"나야! 내가 왔어! 위대하신 존재, 이 집의 주인, 돈 벌어오는 사람, 바로 이 집의 모든 사람들을 이다지도 잘 먹고 잘 살게 해주는 사람! 나를 알아보고 존경하라고!" (『마틸다』, 78쪽)

마틸다는 재치가 있고, 자기 욕심에 갇힌 어른들을 골탕 먹인다.

로알드 달은 이런 말을 한다.

"너는 어린이 책은 반드시 재미있어야 한다고 생각하니?"

"네, 선생님. 어린이들은 어른들만큼 심각하지 않고, 또 웃는 것을 좋아하거든요." (『마틸다』, 105쪽)

이 작품 또한 과장법적인 문장의 기교를 통해 아이와 어른 사이의 긴장 관계를 유쾌하게 만든다.

왜 작가들은 이렇게 아버지의 삶을 풍자하고 전복시키는 이야기를 과장되게 표현하며 아이들과 놀려고 하는 걸까? 이중 구속 이론을 생각하면 아하 하는 깨달음이 온다. 근원적인 이유가 있었다. 아버지의 권위를 깨는 이야기 배를 타고 놀아 본 아이들이 자신 내면을 고백할 수 있는 힘을 얻게 되는 것이다. 메시지와 메타메시지의 분열을 강요하고 자신의 메시지 해석 능력을 스스로 부인하는 데까지 몰고 가는 최악의 상태까지는 가지 않게 작가들은 이런 이야기를 통해 아이들을 응원하는 것이다.

아이들이 아버지의 권위를 풍자하며 유머러스한 이야기 공간에서 노는 건 아빠에 대한 사랑의 감정이 기반이 되어 있다는 걸 암시하고 있는 것이기도 하다.

아이들은 세상의 변화를 따라가며 독특하게 변화되었는데, 어른들은 이 변화를 따라가지 못하고 있는 것이 우리의 현실이다. 이런 어른들의 지체된 모습과 아이의 변화를 어떻게 봐야 할 것인가? 아이들로 하여금 어른들 세계로 편입해 들어오라고 강요해야 할 것인가? 아니면 어른들이 아이들 세계 속으로 들어가 그들과 대화를 시작해야 할 것인가?

어른들은 아이들 내면으로 들어가는 걸 두려워하고 있다. 기존의 당위적인 가족주의로 무장한 도덕관념과, 자본이 전제 군주 노릇을 하는 신자유주의 시스템에 매몰되어 길을 찾지 못하고 있다. 아이들 내면으로 들어가는 시작점의 하나가 모성과 가부장의 개념에 대한 본질적인 토론이 아닐까 싶다.

대부분 판타지 동화의 주인공들은 부모들이 없는 고아가 많다. 해리포터도 그렇다. 부모가 부재하는 이야기들의 본질이 무엇인지 여기에 대한 성찰도 상당히 중요한데, 이 문제에 대해서는 아래 문장을 한번 잘 살펴보기 바란다.

〈해리포터〉 시리즈를 평가하면서 우리는 무시하고 모욕적으로 대할 것을 알면서도 친척에게 어린 해리를 보낸 덤블도어의 무책임성에 놀랄 수 있다. 해리와 친구들을 기숙사에 머물게 하여 위험으로부터 보호하는 대신, 늦은 밤 위험한 호그와트의 주변을 마음대로 돌아다닐 수 있게 놔두는 것도 똑같이 부주의해 보일 수 있다. 미메시스적 관점에서 본다면 해리포터 시리즈에서 덤블도어나 다른 '긍정적인' 부모들의 행동은 비논리적이지만, 그들은 인물의 발전을 위해서는 물론 플롯 상으로도 (만약 해리가 얌전히 침대에 있었다면 어떻게 됐을까) 매우 중요하다. 인물의 신체적, 정서적, 정신적 성장을 이끌기 위해 아동문학 작가는 신체적 혹은 정서적 부재의 형식으로 부모를 영구적인 죽음으로 만들거나(해리포터의 부모), 일시적으로 제거해야만 한다. 현실에서 부모나 보호자는 아동의 삶에 아주 중요하지만, 소설 속에서 아동 인물의 발달에서 부모는 거의 중요한 역할을 하지 않는다. 혹 그들이 중요한 역할을 할 때가 있다면 이는 아동의 신체적 정신적 자유를 부정해서 독립과 성장을 막는 부정적인 역할이다.…… 많은 현대 아동소설에서 부모는 골칫거리로 자녀의 요구를 이해하는데 실패한다. 즉 이들은 정서적으로 부재한 것이다.

(마리아 니콜라예바, 『아동문학의 미학적 접근』, 104~105쪽)

판타지 동화 속 주인공들은 대부분 고립된 자리에 서 있다. 『해리포터』도 그렇고, 『어스시의 마법사』도 그렇고, 『사자 왕 형제의 모험』도 그렇고, 대개 부모가 부재하다.

작품을 쓴다는 것은 매우 진실한 문제여서 작가가 거짓으로 연기할 수는 없다. 부모가 부재한 캐릭터를 발견하여 그 주인공과 함께 연민에 갇히지 않고 유머러스하게 판타지 여행을 한다는 건 결코 쉬운 일이 아니다. 작가 자신이 모성의 신화에서 벗어나지 못하기 때문에 한국에서는 감동을 주는 판타지 동화가 나오기 어려운 것은 아닐까. '혈연 가족' 중심에서 '구성되는 가족' 중심으로 가족의 개념이 바뀌어 가는 세상에서, 부모가 부재하는 판타지 동화의 주인공들이 시사하는 바는 상당히 크다.

한 인간이 진정으로 남성 지배 질서의 예속에서 벗어나 자기 욕망의 주체로 살아가기 위해서는 어떤 형태로든 부모로부터 떨어지는 상징적 고아의 체험을 겪어 내야만 할 것이다. 꿈을 연구하는 사람들은 어린 아이가 부모가 죽거나, 부모를 죽이거나 하는 꿈을 꾸면 축하를 해 준다. 아이가 부모로부터 심리적으로 독립했다는 하나의 상징적인 의미가 있다고 보는 것이다.

저 잔혹 동시를 썼다고 비판받고 있는 아이는 이미 자신의 내면에서 부모를 죽이는 일종의 그레이트한 꿈을 꾼 아이라고 할 수 있다. 아이가 엄마를 사랑하지 않는 것도 아니고, 엄마를 부정하는 것도 아니다. 오히려 아이는 앞서도 말했지만 이데올로기화한 모성의 신화가 사라진 후, 다시 태어난 엄마와 영혼의 친구가 되어 새롭게 놀 수 있는 마음 바탕을 간절히 바란 것이 아닐까. 부모로부터 상징적 고립을 스스로 선택하는 판타지 동화의 주인공이 된 것이 아닐까.

답은 없다. 문학은 답을 찾아가는 계몽의 도구가 아니다. 문학은 오히려 답이 없는 존재의 내면에 들어있는 이중적이고 다층적이고 선악을 뛰어 넘는 욕망의 문제에 직면하여 살아가는 다양한 캐릭터를 발견하여 질문을 던지는 정신 놀이라 해도 좋을 것이다.

5장

욕망의 차이를 인정하는
현대 동화 캐릭터들이 가진
긍정의 힘

모성의 신화와 관련해서 꼭 토론해 보고 싶은 아동문학 작품이 있다.

먼저 예를 들고 싶은 작품이 『내 친구 윈딕시』(케이트 디카밀로)이다. 이 작품에서 모성의 신화와 관련해서 주목해야 할 시선이 있다. 작품 어디에서든지 그 누구의 입을 빌어서도 아이를 두고 집을 나간 엄마를 폄하하거나 부정적으로 보는 문장은 찾을 수가 없다. 여성의 삶, 엄마의 삶을 바라보는 관점이 아이를 키우기 위해서 어떤 의미로든지 엄마 자신의 삶을 희생해야 한다는 당위성의 언어를 작가는 용납하지 않는 것이다.

『내 친구 윈딕시』에서 엄마는 아이(오팔)를 버리고 떠났다. 어찌 보면 엄마는 자신의 욕망을 더 중요시하여 오팔에게 엄마를 사랑할 수 있는 권리를 빼앗은 것이다. 어떤 식으로든 엄마는 아이를 남용하고 있다. 이로 인해 오팔은 엄마에 대한 그리움을 간직하고 살아가야 하는 운명의 아이가 되었다.

많은 작가들이나 어머니 독자들은 엄마가 아이를 버리고 떠난 것에 대한 도덕적인 문제를 생각하게 될 것이다. 이런 일차적인 감정이 작동하여 작가들은 부모가 없는 고립된 아이의 삶을 그려갈 때, 동정과 연민의 언어가 주를 이루는 문장을 쓴다. 존재를 보는 관점이 도덕적인 판단에 먼저 가 있는 것이다. 부모가 떠난 아이는 불쌍하다는 연민의 감정을 가지고 아이를 보기 때문에, 그 문장이 당연히 우울하면서 교훈적이고 계몽적인 수준을 넘어서기 힘든 것이다.

한 존재를 동정이나 연민의 시선으로 바라본다는 것은 어찌 보면 대단히 오만한 자세가 아닐까? 동정과 연민의 언어를 긍정적으로만 보는 시각은 다시 한번 생각해 볼 필요가 있다.

정치가들은 동정의 코스프레를 한다. 진정성과 동정의 코스프레를 혼동해서는 안 된다. 동정의 코스프레는 어떤 타자와의 간극을 급격하게 줄이고 싶은 대단히 추상적이고 관념적이고 의도적인 행위에 불과하다. 타자에 대한 진정한 관심이 아니고, 극히 자기 주관적인 감정의 발로라 할 수 있다. 오히려 동정의 코스프레를 하는 사람이 진정으로 고통당하는 타자의 내면은 모르는 수가 많다.

만약에 어떤 작가가 힘들게 사는 사람의 이야기를 쓰면서, 이들에 대한 동정의 언어를 쓰는 것이 마치 그 대상과 감정이 일치한 상태에서 나오는 감정선의 흐름이라 생각한다면 대단한 착각이다. 이런 작가들은 작품 속에 들어와 대상을 객관적인 거리를 두고 차분하게 찍어 나가지 못한다. 자신의 주관적인 감정을 다 설명해 버리고 만다. 작가가 스스로의 감정을 독자들에게 이해하도록 강요하는 행위를 대상과의 공감이라고 우겨서는 안 될 것이다.

『내 친구 윈딕시』에서도 그렇고, 감동을 주는 작품일수록 고립된 주인공에 대한 작가의 시선은 도덕적인 판단을 드러내지 않는다. 도덕적인 판단을 드러내는 표현은 급격하게 독자와 작가 사이의 거리를 줄이고 싶어서, 작가가 작품 안에 들어와 독자에게 직접 자신의 감정을 해설하고 강요하는 행위인 것이다. 진정성이 없는 동정의 코스프레를 하는 일부 정치가의 권위적인 내면과 크게 다를 바가 없다. 이런 작가들일수록 주제의식을 강조하며 아이들 위에 군림하려 든다.

엄마가 떠났으니 『내 친구 윈딕시』에서 아이가 엄마를 그리워하는 건 너무나 당연한 일이다. 작가의 시선은 그리움의 상처만 남겨 두고 떠난 엄마가 얼마나 나쁜 사람인가에 대해서 아이 편에 서서 동조하려는 그런 동정의 코스프레에 있는 것이 아니다. 엄마의 행위에는 선한 점도 있고 악한 점도 있을 것이다. 누구도 함부로 돌을 던질 수는 없다. 단 이러한 상황에서 작가가 문제로 삼는 것은 엄마에 대한 도덕적인 비난보다도 엄마 아빠 아이로 이어지는 가족주의 삼각형의 구조에서, 오팔이 적어도 어느 한쪽의 남용으로 인해 생기는 이중구속의 상황에 빠져서는 안 된다는 점, 여기에 있는 것이다. 주인공 소녀 오팔이 이중구속의 상황에서 벗어날 수 있는 내면의 용기를 보여주면 좋겠다. 작가는 바로 이 점에 관심을 갖고 있다.

앞에서 니체의 예도 들었듯이 극단적인 예를 제외하고 선악의 관점은 함부로 말할 수가 없다. 선과 악은 동전의 양면처럼 존재의 내면에 웅크리고 있는 것이다. 오팔이 자신에게 주어진 엄마에 대한 궁금증, 그리움을 아빠를 통해 어떻게 해소하는가? 오팔은 아빠와의 사이에서 엄마의 문제를 놓고 메시지와 메타메시지 사이의 혼란을 겪고 있다. 오팔은 엄마에 대해 알고 싶고 묻고 싶은데 목사인 아빠는 엄숙하고 경직되어 있어서 질문을 할 수가 없다. 엄마의 가출로 인해 아이가 어떤 고통을 받고 있느냐의 문제가 아니라, 오팔이 엄마의 가출로 인해 생기는 이중메시지의 구속에서 어떻게 해방되어 자신과 관계 맺고 있는 가족주의 삼각형을 재배치하는가, 작가는 여기에 관심을 갖고 이야기를 풀어 간다.

슈퍼마켓에서 만난 떠돌이 개 윈딕시의 힘을 빌어서 결국 오팔은 아빠에게 엄마에 대해서 물었고, 아빠는 오팔에게 있는 그대로 엄마와의 관계에 대해 솔직하게 이야기를 해 준다. 이 작품에서 가장 감동적인 장면의 하나이다.

오팔은 아빠에게 엄마에 대해 열 가지를 물었다. 하나부터 열까지 아빠가 말을 하는데, 앞에는 엄마의 훌륭한 점을 말한다. 여기에 그치지 않고 뒤로 가면서 매우 진솔하게 아빠는 엄마에 대해 솔직한 고백의 언어를 사용한다.

아래 문장을 보자.

"여덟째, 네 엄마는 목사의 아내라는 사실을 싫어했다. 교회에 나오는 아주머니들이 네 엄마가 무슨 옷을 입는지 무슨 음식을 만들고 노래를 어떻게 하는지를 두고 이러쿵저러쿵 얘기하는 것을 못 견뎌 했어. 현미경 아래 놓인 세균이 된 기분이라고 했지."

……

"아홉째, 네 엄마는 술을 마셨다. 맥주를 마셨지. 위스키랑 포도주도 마시고, 가끔은 끝없이 술을 마셔 댔어. 그것 때문에 나랑 많이 싸웠지. 열째."

목사님은 한숨을 푹 쉬며 말했다.

"네 엄마는 널 사랑했다. 아주 사랑했지."

내가 말했다.

"하지만 날 버리고 떠났잖아요."

목사님은 힘없이 말했다.

"너와 나를 떠난 거지."

목사님이 다시 거북처럼 그 한심한 껍데기 속으로 움츠러
드는 모습이 눈에 보이는 듯했다.

"네 엄마는 짐을 꾸려서 우리를 떠났어. 아무것도 남기지
않고."

"됐어요."

나는 이렇게 말하고 소파에서 벌떡 일어났다. 윈딕시도 펄
쩍 뛰어내렸다.

"이야기해 주셔서 고마워요."

나는 곧장 내 방으로 가서 목사님이 이야기해 준 열 가지
를 적었다. 잊어버리지 않게 그대로 적고 나서 윈딕시한테 읽
어 주며 달달 외웠다. 단 한 가지도 잊고 싶지 않았다. 그래
야 엄마가 돌아오면 엄마를 한눈에 알아보고 얼른 붙잡아서
다시는 떠나지 못하도록 꼭 안아 줄 수 있을 테니까. (33~35쪽)

작가는 아이를 두고 떠난 엄마에 대한 도덕적인 선악의 판단에는 관심이 없다. 작가의 관심은 오팔에 대한 연민이나 동정이 아니라, 오팔이 저러한 상황에 처했을 때, 저 남용으로 인해 생긴 모순적인 상황을 어떻게 극복해 나가는가, 다시 말하면 이중구속에 빠지지 않고, 얼마나 솔직하게 메시지와 메타메시지 사이의 분열을 극복하며 자기 내면을 고백하는 힘을 얻어 가는가, 이 과정에 관심이 있는 것이다. 그래서 작가가 고립된 아이를 그리면서도 문장은 우울하지가 않다. 가라앉아 있지 않다. 엄숙하지도 않다. 경직되지도 않다. 작가는 어떤 상황에 대한 선악을 판단하는 사람이 아니다. 단지 그 상황에 직면한 주인공의 내면을 그려 내는 사람이다.

또 하나의 작품은 『엄마가 사라진 어느 날』(루스 화이트)이다. 이 작품으로 작가는 뉴베리 상을 받았다. 이 작품은 어린아이가 화자인 시점에서 이야기가 시작되는데, 첫 장면이 벨 이모가 흔적도 없이 사라진 이야기이다. 가족은 놔두고 엄마가 감쪽같이 사라진 것이다. 남편과 아들을 두고. 역시 이 작품에서도 작가가 가족을 버리고 집을 나간 엄마를 어떤 시각으로 보고 있는가를 주목해 볼 필요가 있다. 그 어느 부분에서도 가족들이 집을 나간 벨 이모에 대해 험담하는 말은 들어볼 수가 없다. 일종의 도덕적인 관점에서, 가부장의 질서체제 내에서 주입된 시각에서 집을 나간 엄마를 해석하는 그 어떤 비판의 말도 하지 않는 것이다. 그래서 집을 나간 엄마 때문에 우드로는 외할머니 집으로 와서 살게 되고, 이렇게 해서 작품 속 화자 집시는 이종사촌 우드로와 마을에서 함께 지내게 되었다.

호기심이 많은 집시는 사촌 우드로에게 웃기는 이야기를 한 다음 엄마(벨 이모)가 어떻게 감쪽같이 사라지게 되었는지 아느냐고 물었다. 그런데 우드로도 모른다고 말하면서 대신 엄마가 집을 나가기 전까지 몇 번이고 끼고 읽었다는 시집의 시를 읽어 준다. 이게 비밀의 열쇠라고 하면서.

이 시는 매우 감동도 있고, 자기 욕망을 포기하지 않고 살려는 엄마라고 하는 존재, 모성이라고 하는 존재를 어떻게 바라봐야 하는지 알려 주고 있다. 시를 옮겨 보자.

새벽의 미풍이 그대에게 말해 줄 비밀이 있다네
다시 잠자리로 돌아가지 마
그대는 정말로 원하는 것을 바라야 하네
다시 잠자리로 돌아가지 마
사람들은 돌아서서 문지방을 넘네
두 세계가 서로 맞닿는 곳을
문은 둥글고 열려 있다네

다시 잠자리로 돌아가지 마

-잘랄 앗 딘 루미, 13세기

　우드로도 새벽에 엄마가 무언가를 기대하는 마음으로 밖으로 나갔다는 사실 밖에는 모르고 있다. 엄마는 어떤 존재일까. 윈딕시에서 오팔처럼, 우드로도 엄마의 욕망을 모르고 있는 것이다. 이 어린 존재가 엄마라고 하는 떨어질 수 없는 존재의 부재를 놓고 겪는 이 불안과 간절한 그리움을 작가들은 어떤 동정의 시선이나 연민의 감정 없이 있는 그대로 이미지로 찍어내고 있다.

　금기가 깨진 시대에 어른들은 아이에게 어른들 사이에 얽힌 성적 욕망의 문제를 어디까지 고백해야 하는가? 이 문제는 아동문학에서도 늘 문제이다. 그런데 『엄마가 사라진 어느 날』에서 작가는 이 문제를 너무나 자연스럽게 아주 솔직한 시선으로 아이들을 향해서, 아이들이 호기심을 갖는 중심 화자의 시선으로 어른 등장인물을 내세워 같이 고백하게 만들어 놓는다.

　아이는 할머니에게 왜 벨 이모가 집을 나간 건지 묻고, 벨 이모는 어떤 사람인지를 집요하게 묻는다. 이런 아이의 질문에 할머니와 엄마는 어떤 가감도 없이 일어난 일을 미화시키지 않고, 갈등의 지점을 왜곡시키지 않고 그대로 풀어 낸다.

　그 어떤 일이든지 현상을 있는 그대로 알리며 고백하는 문장을 쓸 때는 어른 아이라는 벽을 넘어서 가슴이 작동한다. 아이나 어른이나 인간의 감정이 서로 얽히는, 본능이 불러오는 감정을 출렁이게 하는 문제에 대해서는 당연히 공감을 하게 되는 것이다.

할머니는 집시에게 있는 그대로 사실을 알려 준다. 벨 이모는 언니(집시의 엄마)보다는 얼굴이 예쁘지 않았다고 한다. 할머니가 아이에게 예쁜 얼굴의 의미를 강조하는 것은 아니다. 그래서 동네 남자들 모두가 벨 이모의 언니만 바라보았는데, 언니가 멀리 공부하기 위해 유학을 가고 난 다음부터는 동네 남자들로부터 벨 이모가 관심의 대상이 되었다는 것이다.

하루는 어떤 남자가 마을로 들어와 벨 이모와 눈이 맞아 결혼까지 하려 했는데 여기에서 문제가 생겼다. 할머니는 손주에게 아주 솔직하게 말을 한다. "니 엄마가 다시 고향으로 돌아오기 전까지는 벨 이모와 그 남자가 서로 좋아했는데, 니 엄마가 돌아오고 나서부터 문제가 생겼다고." 결국 그 남자는 벨 이모가 아니라, 집시의 엄마를 선택해 결혼을 하고 지금 집시를 낳은 것이었다.

할머니는 두 딸이 한 남자를 두고 벌이는 사랑 싸움에서 어느 쪽에도 편을 들거나 화를 내거나 비난을 하지 않고 있다. 할머니의 이 언어에 대해서 아동문학을 하는 사람들은 매우 깊은 성찰을 해 볼 필요가 있다. 도대체 욕망이란 것이 무엇이며, 아동문학을 하는 작가들은 성적 욕망을 비롯해서 모든 욕망의 문제를 어떤 시선으로 바라봐야 하는가 하는 지점이다. 이 문제는 지금 한국에서 아동문학을 하는 사람들이나, 아이들에게 문학예술 교육을 하는 사람 모두에게 필요한 하나의 성찰을 요구하는 지점이다.

결국은 『엄마가 사라진 어느 날』에서 남자(아모스)는 벨의 언니(집시의 엄마)에게 끌려서 결혼을 하게 되었다. 벨은 언니에게 사랑을 빼앗겼다. 그래서 이런 사랑의 아픔을 견디지 못하고 집을 나간 것이다. 집시는 벨 이모가 갖게 된 아픔이 결국은 자신의 아버지 때문이라는 사실을 할머니를 통해 알게 되었다.

그러나 집시의 질문은 집요하다. 아이는 그 어느 편도 아닌 그야말로 호기심 하나로 무장된, 사이보그 여성인간 아이 같다. 정해진 하나의 답은 없으며, 오직 대립하는 양쪽이 모두 참이기 때문에 거기에서 나오는 긴장감을 감내할 수밖에 없다는 사이보그 종족의 자세를 취하고 있다. 그러면서도 이중구속에 갇히지 않기 위해 집요하게 자신의 궁금증을 질문하고, 고백의 언어를 듣고 싶어 하는 것이다. 아이는 질서 속에 있지만, 호기심으로 인해 의문을 놔두지 않고 곧장 진실을 감추고 있는 혼돈의 세계로 달려간다. 아이가 향하는 호기심의 깊이나 에너지는 상상을 초월하는 독특한 캐릭터의 에너지를 뿜어 낸다.

아이는 결국은 엄마를 향해 이렇게 묻는다. 이 부분을 옮겨 본다.

"벨 이모는 정말로 아빠를 사랑했나 봐요. 그렇죠?"

"사랑? 벨은 그때 열여덟 살이었어. 나는 열아홉 살이었고. 네 아빠는 스물다섯 살이었지. 우리는 서로에게 흠뻑 취해 있었고 뭔가에 홀려서 정신을 못 차렸어. 네가 그걸 뭐라고 부르든지 간에 말이야."

"무슨 뜻이에요?"

"나도 몰라. 귀여운 아가야."

엄마는 나를 살짝 껴안으며 말을 이었다.

"내 말은 사람들이 사랑에 빠지면 평소에는 꿈도 꾸지 못할 행동이나 말을 하게 된다는 거야."

"아빠가 엄마를 선택했을 때, 벨 이모가 많이 힘들었겠어요, 그렇죠?"

엄마는 한숨을 내쉬었다.

"그랬겠지……. 나는 네 아빠의 마법에 푹 빠져 있어서 그 애의 기분을 몰랐나 봐. 아빠도 그랬지. 우리 눈에는 우리 둘밖에 아무 것도, 어느 누구도 들어오지 않았으니까."

"그래서 벨 이모는 어떻게 이겨 냈는데요?"

"안 좋은 방법으로, 그 애는……."

엄마는 잠시 말을 멈추었다. 엄마의 턱이 가늘게 떨리고 있었다.

"벨은……. 그 애는 꼭 두들겨 맞은 강아지 같았어. 방 안에 틀어박혀서는 아무 하고도 말을 하지 않으려고 했지. 살이 쏙 빠져서 점점 말라가고, 하루 종일 울기만 하고……."

엄마는 갑자기 자리에서 일어나 창가로 걸어가더니, 창틀에 이마를 살짝 기대었다.

내가 재빨리 말했다.

"엄마, 됐어요. 꼭 말하지 않아도 돼요. 그냥 좀 궁금했을 뿐이에요. 이제 됐어요." (54~55쪽)

더 이상 말이 필요 없겠다. 이렇게 해서 아이와 엄마 사이에 침묵이 흐른 다음에 이번에는 엄마가 진정으로 아이에게 고백하는 장면이 나온다. 이 부분을 마저 옮겨 보자.

"그 토요일이 아직도 생생한 것 같아. 며칠 만에 벨이 방에서 나왔어. 빨간 립스틱을 바르고 눈이 시릴 만큼 새빨간 드레스를 차려 입은 채 계단을 걸어 내려왔지. 꼭 향수병에 빠졌다 나온 것처럼 진한 향수 냄새를 풍기더구나. 네 할머니와 나는 거실에서 그날 밤에 네 아빠와 데이트할 때 입을 옷을 손질하고 있었어.

내가 어디 가는 거냐고 물었어. 그러자 벨이 막 웃는 거야. 어딘가 어색한 웃음이었어. 그 애의 기분에 좀 더 신경을 썼어야 했는데⋯⋯. 벨은 잠시도 가만있지 못하고 목에 두른 얇고 하얀 스카프를 손가락으로 계속 만지작거렸어. 그 애는 '멋쟁이 하나 만나 보려고'라고 말하면서 또 어색하게 웃더구나.

어머니가 말했지. '안 돼 벨. 오늘 밤에는 나가지 마라. 오늘은 광부들 월급날이라 술주정뱅이들이 넘쳐날 거야.' 하지만 벨은 쏜살같이 나가 버렸어. 그때 곧바로 벨을 붙잡았어야 했어. 같이 앉아서 이야기를 나눴어야 했는데⋯⋯. 얼마나 외로운지 알았어야 했는데⋯⋯. 하지만 그러지 않았지.

그날 밤 벨은 네 이모부를 만난 거야. 그 길로 이모부랑 도망을 가서는 이튿날 잘 있다는 전갈을 보내 왔어. 일주일 뒤에는 결혼했다는 소식을 보내더구나. 그리고 이 주 후에는 우리가 모두 교회에 간 사이에 집에 와서 제 물건을 다 가져가 버렸지.

우리는 네 이모의 행동에 무척 놀랐어. 오해하지는 말아라. 이모부는 괜찮은 사람이야. 조금 둔한 면이 있기는 하지만 좋은 사람인 것 같아. 벨은 자기한테 관심을 보이는 첫 번째 사람을 찍은 거야. 그게 이모부여서 다행일지도 모른다는 생각도 들어. 더 나쁠 수도 있었으니까.

그때는 그런 행동이 아주 유치하고 충동적인 데다 너무나 무모하다고 느꼈어. 우리를 증오한 나머지, 이곳에서 떠날 수만 있다면 어떤 사람과 결혼해도 상관없다는 걸로 보였으니까. 하지만 지금은 다르게 생각해. 네 이모는 마음에 심한 상처를 입고 절망에 빠졌던 거야. 우리를 증오해서가 아니라, 나와 네 아빠가 같이 있는 걸 보면서 날마다 상처를 입고 또 입었기 때문에 떠나야 했던 거지.”

엄마는 다시 창가로 걸어갔다. 그러고는 나에게라기보다는 밤에게 이야기하듯 말했다.

“지금 생각해보면 그때 벨의 행동은 존경스러울 정도야. 이상한 방식이기는 해도 아주 용기 있는 행동이었거든. 친숙하고 안전한 장소를 벗어나서 어둠 속으로 걸어 나가는 것이나 마찬가지였으니까. 잘 알지도 못하는⋯⋯.”

내가 불쑥 끼어들었다.

“이모는 이번에도 그런 걸 거예요. 엄마도 그렇게 생각하죠?”

“그래. 그렇게 생각하고 있어. 하지만 우드로가 있잖니? 벨이 우드로를 놔두고 떠날 거라고 생각하지는 않아.” (56~58쪽)

‘친숙하고 안전한 장소를 벗어나서 어둠 속으로 걸어 나가는’ 벨의 행동을 이 작품에서는 용기 있는 모습으로 그려 보이고 있다. 이게 욕망의 차이를 인정하는 작가의 시선이고, 아동문학이 다루기 힘든 성적 욕망의 문제를, 삶과 결코 유리되지 않는 삶의 중심에서 태어나는 이야기로 창조하여 아이들에게 사랑이 무엇인가에 대한 질문을 던지고 있다.

이 작품에 등장하는 모성들은 지배질서에 편승한 남성이 요구하는 질서에 주눅 들지 않는다. 도덕관념에 사로잡혀 주어진 욕망의 관습을 따라가지 않는 사람을 비난하거나 부정적인 시선으로 보지 않는다. 존재는 어떤 형태로든 나그네의 운명을 사는 것이고, 무질서를 향해서 몸을 던지는 에너지를 간직하고, 그 운명을 살아가는 것이다.

여기에서도 우리는 경계가 허물어진 세상에서 이제는 아이들과 어른이 함께 많은 토론을 할 수 있어야 한다. 욕망이라고 하는 그 자체가 서로 모순적인 것이다. 욕망은 어떤 점에서는 모두가 자기에게 이익이 되는 방향으로 세상을 배치하려는 간절한 바람이라고 할 수 있다. 서로가 자기에게 이익이 되는 방향으로 세상을 배치하고 관계를 맺을 때는 늘 대칭성의 개념이 깨어지게 되어 있다. 어느 한쪽은 상처를 받을 수밖에 없고, 이런 불균형으로 인해 드러나는 현실은 매우 역동적인 모습을 띠게 되는 것이다.

이렇게 해서 욕망에 충실한 인간들이 서로 한 공간에서 부딪

힐 때 서사는 불꽃을 튀며 앞으로 흘러가고 거기에서 온갖 감정을 출렁이게 하는 자기 고백의 언어들이 빛을 발하기 시작한다. 욕망과 스토리가 앞으로 치고 나가는 흐름이 바로 삶의 리듬이기도 하다. 욕망의 차이를 인정하고, 그 욕망의 차이를 인정할 때 나오는 모순적이고 대립적인 상황 자체에 직면하는 캐릭터들이 등장할 때 독자는 도덕의 문제보다 더 근원적인 삶의 에너지를 느낄 수가 있다.

작가는 어느 한쪽 편을 들거나 어느 한쪽에 치우친 도덕의 잣대를 들이대지 않고 있다. 존재 자체에 대한 선과 악의 편견을 갖고 있지 않다. 오히려 언니와 동생의 삶이 빚어 낸 갈등의 현실만을 고백의 언어를 통해서 진실한 이미지로 찍어 내고 있을 뿐이다.

대학원에서 문학교육 수업을 할 때였다. 수업을 듣는 초등학교 현장 교사들과 『엄청나게 시끄러운 폴레케 이야기』를 읽고, 작품에 대한 감상을 들어 보았다. 네덜란드에서 황금연필상을 받을 만큼 높이 평가받은 작품이었다. 문제는 과연 한국에서 이런 작품을 어떻게 받아들이고, 아이들에게도 읽힐 수 있을까 하는 점이다. 실제 아동문학은 아이들에게 책을 권하는 학부모나 교사, 사서의 입김이 강할 수밖에 없다. 감상평을 들어 보니 대부분의 교사들이 이런 작품은 지금 학교 현장에서는 아이들에게 읽으라고 권하기가 힘들다고 하였다.

이 작품은 앞서 『내 친구 윈딕시』나 『엄마가 사라진 어느 날』
에서 한 걸음 더 나가 또 다른 관점에서 어른의 욕망을 정면으
로 다루고 있다. 물론 이 작품도 아이가 화자인 시점으로 이야
기를 전개해 나가는데, 아이들은 어른과 경계를 허물고 열린
공간에서 함께 갈등을 주고받고 하면서 이런저런 삶의 우여곡
절을 겪는다.

예를 들어서 첫 시작부터가 엄마 아빠가 이혼을 하고 아이
는 엄마와 함께 사는데, 하필이면 엄마가 담임과 사랑에 빠지
고 만 것이다.

이 작품의 첫머리를 보자.

담임이 엄마와 사랑에 빠졌다!

이보다 더 끔찍한 일이 있을까? 아니, 절대 있을 리 없다.
하긴 엄마와 아빠는 오래전에 이혼했으니까 굳이 안 될 이유
는 없다. 우리 엄마는 정말 좋은 사람이고, 담임도 아주 착한
사람이다. 하지만 그 둘을 합쳐 놓으면? 으아, 끔찍하다. (9쪽)

작품은 전체적으로 문장이 간결하면서, 이야기가 빠르게 전
개된다. 주인공 아이는 시인이 되고 싶어 한다. 아버지는 마약
중독자이고, 노숙자에 가까우며, 시를 쓴다고 한다. 이런 저런

온갖 우여곡절을 겪는 이야기들이 펼쳐지는데, 전체적으로 그 어떤 문장을 보더라도 어른들이 살아가는 삶의 현실에 대해서 아이는 선과 악의 입장에서 판단을 하지 않는다.

사람은 어떤 형태로든 자기 욕망의 자리에서 살아가는 것이고, 그 욕망을 따라가면서 만들어 내는 삶의 무늬를 작가는 객관적인 자리에서 캐릭터의 눈과 마음을 통해 글 카메라를 통해 찍어 내고 있다. 작가는 자신의 도덕관념에 따라 등장인물을 판단하는 주관적인 계몽의 언어를 절대 쓰지 않는다.

욕망을 어떻게 볼 것인가? SF·판타지 시대를 맞이한 지금 시점에서 아동문학을 하는 사람들에게 가장 중요한 한 가지 탐구 문제가 바로 이것이다. 이 문제에 대한 분명한 자기 관점이 있어야만 경계가 허물어진 시대에 아이들과 서로 소통하는 언어를 찾아낼 수 있을 것이다.

메타메시지를 이중으로 해석하게 만들고, 메시지를 자기 감정에 솔직하게 해석하는 걸 방해하는 어른들이 있다. 자신의 욕망 자체를 제대로 들여다보지 않고, 오히려 숨기면서 다른 방법으로 포장하는 삶을 강요받았기 때문에, 결국에는 아이들에게도 유산처럼 자신의 감정에 솔직하지 못한 삶의 자세를 물려주는 것이라 볼 수 있다.

욕망이라고 하는 것은 꼭 성적인 것만은 물론 아니다. 욕망을 어떻게 정의해야 할까? 이제는 이 문제에 대해서 아주 깊은 논의가 필요한 시점이다. 어떤 방식으로든지 모성의 신화는 남성 중심의 가부장 사회가 강요한, 여성의 욕망을 어떤 방식으로든지 억압하는 과정에서 세워진 하나의 환상임에는 틀림없다.

위에 예를 든 작품 속 어른들은 어떤 방식으로든지 열린 상태에서 아이들이 끊임없이 엄마라고 하는 존재의 본질에 대해 물어올 때, 자신의 내면을 숨기지 않고 솔직하게 고백을 하였다. 그 고백하는 방법이 타자의 욕망을 억압하거나, 욕망을 도덕적인 관점에서 평가하거나 하지 않는다. 어떤 방식으로든지 타자의 욕망을 인정하는 방법으로 자신의 내면 욕망이 만들어 낸 빛과 그림자를 솔직하게 아이에게 고백하고 있는 것이다.

동화 속 주인공들이, 또 요즘 아이들이 모성 신화의 온갖 빛과 그림자 이미지를 허물려 하는 데는 이중구속의 굴레에서 벗어나 부모들과 진정한 영혼의 친구로 만나고 싶은 간절한 바람이 있기 때문이다. 어른들은 이 본질을 알고 아이들과 즐겁게 대화의 길에 나서야 할 것이다.

6장

SF·판타지 시대를 여는
어린 사이보그 앨리스들

아이들은 디지털 공간에서 주로 SF와 판타지를 즐긴다. 어른들이 이 시대 아이들과 대화하기 위해서는 SF·판타지 세계에 작동하고 있는 사유 체계, 언어 체계를 이해해야 할 것이다.

새로운 길에 들어서려면 안내자의 도움도 필요하다. SF·판타지 길에 들어설 때 도움이 될 만한 안내자를 소개해 보라면 먼저 두 사람을 추천하겠다. 한 사람은 도나 해러웨이, 또 한 사람은 어슐러 K. 르 귄이다. 해러웨이는 SF·판타지를 연구하고 창작하는 사람이라면 꼭 거쳐야 한다는 『사이보그 선언문』을 쓴 과학자이자 사회주의 페미니스트이자 작가이다. 르 귄은 더 설명이 필요 없는 3대 판타지 작품 가운데 하나인 『어스시의 마법사』 시리즈를 쓴 작가이다.

SF·판타지 장르 문학의 꼭대기 정상까지 올라가는 데는 수많은 사잇길이 존재할 것이다. 어느 산이든지 많은 사람들이 올라가는 중심, 큰 길은 있다. 이 잘 닦여진 길을 한번 올라간 다음에, 이 길이 익숙하게 눈에 들어오면 여기서 퍼지는 다양한 샛길이 보일 것이다.

판타지 창작학교에서 해러웨이 특강을 몇 회에 걸쳐 진행하였다. 강의를 준비하기 위해 해러웨이 관련 서적을 읽다가 몇 가지 아하 하고 느낀 점이 있어 그 얘기부터 해 보도록 하겠다. 해러웨이는 여러 가지 관점에서 내가 갖고 있던 고정관념을 흔들어 많은 균열을 내놓았다. 그 균열의 틈새로 내가 미처 듣지 못했던 언어, 감각의 소리들이 느껴져 갑자기 눈이 확 떠지며 세상의 사물들이 새롭게 배치되는 신선한 느낌을 받았다.

해러웨이는 온코마우스(OncoMouse)라는 실험실에서 태어난 쥐 이야기를 한다. 온코마우스는 유방암을 일으키는 인간의 종양 유전자가 이식된 쥐이다. 유방암 치료를 위해서 실험실에서 탄생한 특허를 받은 동물이다. 이 동물을 바라보는 해러웨이의 관점이 매우 독특하다. 해러웨이는 온코마우스란 실험실에서 태어난 쥐를 자신의 친족이라고 표현한다. 인간의 종양 유전자가 쥐의 몸에 이식되었으니, 사람의 유전자 일부를 가지고 태어난 쥐인 것이다. 사람과 쥐가 합성이 되어 태어난, '사람 쥐'라고 하는 종이 새롭게 태어난 것이다.

온코마우스가 자신의 친족이라니! 나는 처음에는 당황하지 않을 수 없었다. 매우 비약적이고 과감하면서 한편으론 엉뚱하기도 하고 대담하기도 한 복합적인 느낌이 들었다. 사람이 분류학적 계를 넘어서 타 동물을 자신의 친족으로 묘사하는 비유 언어가 내게는 아직 낯설었다. 그것도 내가 그렇게도 꺼려하던 쥐와 친족 관계로 맺어졌다고 하니 더욱 그런 느낌이 들었다.

나는 한동안 해러웨이가 자신의 책에서도 말하는 것처럼 온코마우스에 대해 반대하는 정치적 좌파 성향 사람들의 논리에 더 마음이 갔다. 이들의 주장은 명쾌하였다. 온코마우스는 한 회사가 특허를 낸 유전자 이식 생명체이다. 어디까지나 저 온코마우스가 태어난 배경에는 한 회사가 추구하는 자본의 독점과 이윤이 놓여 있는 것이다. 분자 유전학이나 생명공학이 만들어내는 생물학적 유산은 공동 사용권이 보장되어야 한다. 그럼에도 한 회사가 특허를 내서 기업의 사적인 이익을 취하는 데만 과학이 쓰이는 데에 대해서 좌파 성향의 사람들은 국제적인 연대를 하며 반대를 한 것이다. 나는 이런 관점에 더 수긍이 갔다.

그런데 해러웨이는 온코마우스 같은 유전자 이식 생명체에 무조건 반대하는 좌파 성향의 의견에는 동의할 수 없다고 말한다. 이런 반대 의견은 마치 우파 성향의 사람들이 유전자 조작으로 인해 수많은 달러를 벌어들일 수 있어 찬성하는 쪽에 서는 것만큼이나 단순 논리라는 것이다. 한술 더 떠서 해러웨이는 온코마우스와 같은 유전자 조작 생명체에 대해 단순히 자본의 논리만을 이유로 반대하는 목소리를 듣다 보면 자신은 인종차별을 느끼는 마음마저 든다고 하였다.

이런 이야기를 들으면서 나는 응? 무슨 인종차별까지? 하는 느낌도 들었는데, 해러웨이가 존재를 바라보는 이런 관점에서 하나 배운 점이 있었다. 이 공부하는 자세, 사물을 바라보는 관점 때문에, 나도 해러웨이가 말하는 저 독특하고 조금은 그로테스크한 느낌마저 드는 생각을 무조건 부정할 수만도 없었다.

해러웨이는 자신이 말하는 화법은 아이러니에 기반을 두고 있다고 한다. 아이러니의 본질은 "양립할 수 없는 것들이 모두 참되기 때문에 그대로 감당할 때 발생하는 긴장과 관계가 깊다."(사이보그 선언문, 『해러웨이 선언문』, 17쪽)고 말한다. 양립할 수 없는 것들이 모두 참이라고 인정을 하는 자세를 나는 가져 보지 못하였다. 정반합, 정반합 하는 식으로 변증법적 논리를 써서 이쪽은 지우고 저쪽은 남기고 하는 방식으로 어떻게든지 하나의 답을 찾아보려고 하였던 것이다.

　과학자들의 실험에 의해서 태어난 온코마우스와 같은 쥐는 그 태생 자체가 더 많은 돈을 벌려고 하는 회사에서 특허를 낸 생명체이기 때문에, 자본의 독점과 관련한 문제를 내재하고 있으면서, 한편으로는 인간의 유방암을 치료하기 위해 종양 유전자를 몸에 담고 있는 생명체이기 때문에 예수에 버금가는 희생양의 이미지도 갖고 있다. 그러니까 하나의 존재를 볼 때, 선과 악, 빛과 그림자가 한 몸에 다 짙게 혼합되어 있기 때문에 어느 하나의 이유를 들어서 존재 자체를 부정할 수가 없다는 것이다.

　온코마우스라는 유전자 이식을 통해 태어난 생명체를 바라볼 때도, 해러웨이는 서로 양립할 수 없는 논리를 인정한다. 자본 독점의 논리, 생명체 사용을 독점하려는 특허의 논리 같은 문제가 한 편에 있다면 이것도 분명 쟁점의 하나라 볼 수 있다. 또 다른 편에는 인간의 유방암을 치유하기 위해 자신의 몸에 종양 유전자를 담고 살아가는 존재도 인간을 위해 자신 몸 전체를 바치는 대단한 희생을 치루고 있는 존재이기 때문에 이 점 또한 간과할 수 없다. 자본의 이익과 착취의 문제만 보고, 분자유전학이나 생명공학의 문제를 모두 다 부정해 버리는 행위는 문제를 너무 단순하게 보는 관점이라는 것이다.

　해러웨이의 저 말을 듣다 보니, 서로 모순되는 양쪽을 일단

다 참이라고 인정하며, 팽팽한 긴장감을 즐기면서 토론을 하는 매우 유머러스하고 유쾌하기도 하고 진지하기도 하면서 양쪽을 배려하는 한 학자의 모습이 그려지기도 한다. 이런 주장을 펼치는 사람의 마음에서 나오는 따뜻한 온기가 느껴져 해러웨이가 하는 말에 조금 더 관심이 가기도 하였다.

이런 토론의 태도로 아이들을 존중하면서 만날 수만 있다면, 왜 아이들이 교사를 싫어할까. 왜 아이들이 엄마나 아빠를 싫어할까. 디지털 시대 아이들이 세상을 보는 관점은 이전 세대들과는 많이 달라졌다. 그렇기 때문에 아이들과 대화를 하기 위해서는 어른들이 먼저 변해야 할 것이다. 어른들이 아이들의 마음높이, 눈높이에 맞추려는 노력을 해야 할 것이다. 아이들이 세상을 바라보는 관점, 시각을 어떻게든 무시하지 말고, 오히려 귀 기울이면서 어른의 고정관념으로는 모순되어 보이더라도, 그 모순되는 지점을 인정하고 어른과 아이가 나이의 경계를 넘어 서로를 존중하며 팽팽한 긴장감을 느끼며 토론할 수만 있다면, 왜 아이들이 어른들을 멀리할까 싶다.

코로나19로 우리는 다시 한번 자본주의 시스템 자체에 대한 새로운 성찰이 요구되는 시점을 맞이하였다. 아이들은 점점 더 비대면의 공간, 디지털 공간에 머무는 시간이 늘어나고 있다. 디지털 공간이 이제는 가상의 공간이 아닌 현실이 확장된 또 하나의 현실 공간이면서, SF·판타지 공간으로 경계를 넘나들며 작동하고 있다. 디지털 공간에서 살아가는 디지털 원주민들이 사용하는 언어와 사유 체계는 아무래도 SF·판타지 세계의 사유 체계를 많이 닮아갈 수밖에 없다. 왜 지금 이 시대 SF·판타지 세계에 대한 공부가 필요한가에 대한 이유이기도 하다. 특히 아이들과 소통을 하는 사람들이라면 더욱 SF·판타지적인 사유 체계에 관심을 기울이지 않을 수 없을 것이다.

인간과 동물, 인간과 기계, 물질과 비물질의 경계가 허물어져 이런 종의 경계를 넘어서는 존재들이 함께 어우러져 살아가는 근대 이후 사이보그 세상에서는 존재들 자체가 다양한 의미로 해석될 수 있기 때문에 결코 하나의 답으로 정의 내릴 수가 없다. 그래서 해러웨이는 자신의 화법은 남으로 하여금 "엄숙한 경배나 동일시"를 요구하지 않는다고 말한다. 하나의 절대적인 신의 계시 같은 답은 존재할 수 없는 세상으로 나가고 있다는 것이다. 달리 말하면 온코마우스와 같은 실험실에서 태어난 쥐만 보더라도, 신이 창조한 생명이 아니라, 실험실에서 과학자가 새로운 종의 생명을 창조해 내는 진화가 일어나고 있는 것이다.

온코마우스를 돈의 화신들과도 하나로 묶어 내고, 또 한편으로는 온코마우스를 희생양의 이미지인 예수와도 하나로 묶어 낸다. 이런 식으로 해러웨이는 온코마우스를 온갖 종류의 존재들과 하나로 묶어 가면서 자신의 생각을 펼치는데, 나의 가슴을 한 번 더 탕하고 친 부분이 있었다.

해러웨이가 왜 저렇게 온코마우스를 자신의 자매라고 하면서 자신과 같은 종족이라고 강조한 걸까? 여기에는 아주 깊은 의미가 있었다. 여성인 자신과 유방암을 일으키는 종양 유전자를 몸에 이식한 온코마우스는 모두가 성적 소수자라는 것이다. 성적소수자란 의미에서 해러웨이 자신도 온코마우스와 하나로 묶일 수 있었던 것이다. 이렇게 상상력이 발전해 가면서 성적 소수자란 개념으로 둘이 묶였을 때, 아주 많은 스토리텔링이 가능하다는 것을 말해 주고 있다.

해러웨이의 생각은 이렇다. 지금까지 근대 역사에서 남성만이 인간이었다. 여성은 인간이었던 적이 없었다. 남성만이 세상을 해석할 수 있는 저자의 자리에 섰다. 여성은 이 세상을 해석하는 저자의 자리에 선 적이 없었다. 남성만이 신의 권위를 위임받아 지배질서의 높은 곳에 있었다. 여성은 지배질서의 권한을 위임받은 적이 없었다. 남성만이 부분들을 상위에서 통합해 하나의 답을 가지고 명령을 내릴 수 있는 정점에 서 있었다. 여성들은 언제나 부분들로 자리할 수밖에 없었다.

지금까지 근대 사회는 "비범한 남성적 주체에 뿌리박고 있는 보편적이라고 가정된"(『겸손한 목격자』, 157쪽) 남성인간이 지배하는 사회였다. 여성이 인간이었던 시대는 없었다. 그러다가 서구에서는 남성인간 중심의 내부에서 페미니즘 운동과 같은 폭발적인 변화가 일어나 여성도 인간으로 탄생하기 시작하였다. 남성인간만 인간이었는데, 여성인간도 탄생하기 시작한 것이다. 여성인간은 그 동안의 어법으로 치면 모순어법적인 말이다. 여성은 인간이 될 수 없는데 여성인간이란 말이 탄생했으니! 이것은 마치 인간도 아니고 동물 쥐도 아닌, 인간과 동물의 유전자가 합성되어 태어난 온코마우스의 운명과 같단다. 온코마우스와 같은 실험실에서 태어난, 기존에는 없었던 인간 동물 쥐는 기존에는 없었던 여성인간이나 마찬가지로 모순어법적이다. 이런 점에서 여성인간으로 다시 재탄생한 해러웨이 자신과 온코마우스는 기존에는 없었던 모순 어법적인 성적 소수자로서 하나로 묶일 수 있다는 것이다.

어느 날 갑자기 종양 유전자를 가진 동물과 사람이 합쳐져 지금까지 자연의 진화 단계에서는 볼 수 없었던 인간 동물 쥐(온코마우스)가 태어난 것처럼, 문화적인 층위에서 여성은 인간이 될 수 없었는데, 여성이 갑자기 인간과 접목하여 '여성인간'으로 모습을 주장하며 나타났다는 것이다.

인간 동물 쥐인 온코마우스가 자연의 순수한 생명성을 위협한다며 유전공학에 반대하는 사람들이 있는데, 해러웨이는 이들에게 이런 질문을 한다. 그럼 온코마우스와 똑같은 존재의 운명을 내포하고 있는 '여성인간'이라고 하는 모순어법적인 존재, 지금까지 근대 생물 문화적 범주에 있어본 적이 없는 존재는 어디에 배치해야 하느냐고 말이다.

해러웨이가 기술과학과 표현의 문제에서 주장하는 문제가 바로 이것이다. 유전공학에 반대하는 사람들의 논리에서 자본의 문제 부분은 동의하는 바가 있지만, 이 하나만의 논리로 전체를 반대하는 것은 일차원적인 단순 논리일 수 있다는 것이다.

온코마우스가 갖고 있는 자본의 독점, 생물공학의 독점적 사용의 문제가 있지만, 한편으로 온코마우스는 우리 근대 역사에서 여성의 존재에 대한 비유 작업을 할 때 매우 풍부한 의미를 제공해 줄 수 있는 상징기호로 작동할 수 있다는 것이다. 해러웨이가 말하는 유전공학을 바라보는 관점에서 아하 하고 느낀 점이 바로 이것이다.

온코마우스와 여성인간을 하나로 묶을 때, 앞에서 신화를 즐긴 사람들이 치통과 딱따구리 주둥이를 하나로 묶어 그들이 미처 보지 못했던 세상의 질서를 보려고 노력했던 것처럼, 그럼 어떤 숨어 있던 진실을 발견할 수 있을까?

해러웨이가 이 양자를 하나로 묶는 비유 작업, 주술적 사고를 통해 존재의 본질을 통찰하는 상상력에 감탄하지 않을 수 없다.

온코마우스와 여성인간은 "구원되지 않은 실재물(entities), 기독교의 성스럽고 세속적인 구원의 역사에서 도망친 도망자들"(『겸손한 목격자』, 249쪽)이라고 말한다. 이들의 공통점은 이렇다. 온코마우스는 태생 자체가 신에 의해서 만들어지지 않았다. 온코마우스는 실험실에서 인간에 의해 만들어진 생명체이다. 이들은 흙으로 만들어지지도 않았다. 이들은 창세설화를 갖고 있지 않다.

여성인간 또한 그렇다. 신이 만든 남성 중심의 지배 질서에 이 여성인간은 편입해 들어가지 않는다. 여성인간들은 남성 중심 사회에 편입되어 하부구조로 살아야만 했던 여성과는 달리 "기억하세요. 나는 내가 존경하는 영웅의 여성적 버전이나, 희석된 버전, 특별한 버전, 보충적 버전, 보조적 버전, 혹은 각색된 버전이 되기를 바라지 않았고, 지금도 원하지 않아요. 나는 영웅 자체가 되고 싶어요."(위 책, 158쪽)하고 외치는 여성인 것이다. 여성 스스로가 영웅이 되려고 하는 것이다.

여기에서 잔혹 동시를 쓴 어린이 시인 캐릭터가 떠오른다. 앞서 말한 현대 동화에 등장했던 욕망의 차이를 인정하고, 서로의 욕망을 긍정하며, 자신의 욕망에 충실했던 캐릭터들이 떠오른다.

이런 여성인간은 일찍이 남성 중심의 구원의 역사에서 보지 못한 존재였다. 그래서 이들 온코마우스나 여성인간은 구원의 역사를 모르기에, 구원되지 않은 상태로 존재할 수밖에 없는, 살아있는 사이보그 종의 실제물들인 것이다. 남성 중심의 지배 질서를 전복하려는 여성들은 기존 구원의 역사에서 벗어나 있을 수밖에 없다.

온코마우스와 여성인간은 "자연적 주체를 오염시키는 감염 매체들"(『겸손한 목격자』, 249쪽)이라고도 말한다. 신이 창조한 세계에서는 자연의 신성함이 있었다. 생명의 신성함이 있었다. "인종의 순수성, 모든 종류의 순수성, 진실로 토착적인 유럽을 위한 태양 중심적 계몽이라는 거대한 백색 희망, 인간이 스스로 탄생했다는 꿈, 하나의 선(善)을 위해 자연스러운 타자들을 궁극적으로 통제하는 것, 이 모든 것들이"(위 책. 250쪽) '잡종 생쥐'인 온코마우스와 '인간답지 못한 픽션의 인간'인 여성인간에 의해 깨져 버린 것이다. 이들은 모든 걸 뒤섞어 잡종(hybrid)을 만들어 놓았다. 순수 자연적 주체가 구분해 놓았던 종의 경계를 다 넘어 버렸다. 분류학적 계를 다 넘어 버리고, 남성 중심의 가계 또한 오염시켜 버렸다.

새로운 세계를 창조하는 작업이 바로 SF이고, 이 세계에서 누가 시민일 수 있고 누가 중개행위자일 수 있는지를 다루는 담론이 바로 SF가 추구하는 세계의 주제이다. 온코마우스와 여성인간은 근대 이후 사이보그 세계로 가는 길목에서 가장 상징적인 새로운 세계의 주인공일 수 있는 것이다.

여기서 권정생이 생애 마지막 유작으로 남긴 SF 작품인 『랑랑별 때때롱』을 한번 같이 읽어 보자. 지금부터 하는 이야기는 권정생 문학을 어떻게 봐야 할 것인가, 하는 문제와 관련해서도 매우 중요한 의미가 있다. 한 사람의 작가는 세상을 떠나면 인류 문화의 유산으로 남는다. 우리는 이 문화유산을 귀하게 여기고 어떻게든지 즐기면서, 오늘의 스토리텔링을 위한 재료와 땔감으로 자꾸 갖다 써야 한다. 그래서 한 사람의 작가는 그 다음 세대 작가들에게 기꺼이 먹히는 존재가 되어야 하는 것이다. 어떤 식으로든지 우리는 권정생을 불러내서, 권정생이 남긴 작품들, 말들, 삶의 흔적들을 또 다른 다양한 것들과 묶어서 거기에서 새로운 스토리텔링을 만들어 내야 한다. 이때 나오는 스토리텔링은 꼭 권정생이란 한 작가를 우상으로 만들어 내는 그런 언어만이 가치 있는 것으로 받아들여져서는 안 된다. 해러웨이가 앞서 말했듯이, 존재를 보는 변할 수 없는 관점인, 양립할 수 없는 모두가 참된 존재들이라 보고, 그 양쪽을 다 인정할 때의 팽팽한 긴장감을 견뎌 내면서 다양한 토론을 할 수 있어야 한다. 이럴 때 양자의 존재가 모두 본래의 내면 깊은 의미와 울림을 드러낼 수 있을 것이다.

권정생이 『랑랑별 때때롱』 머리말에서 하는 말을 한번 옮겨 보자.

　　"복제 양 돌리가 태어나자 세계가 온통 떠들썩하더니 너도 나도 다투어 복제 동물을 만들고 있습니다. 개, 고양이, 송아지, 늑대, 앞으로 또 무슨 동물이 복제되어 나타날까요?
　여러분들도 알고 있듯이 복제 동물은 엄마 아빠가 없습니다. 세상에 엄마 아빠가 없는 동물을 왜 만들까요? 태어나면서 고아로 외롭게 자라야 하는 동물들의 마음을 생각해 보세요.
　앞으로 사람도 복제하려는 과학자가 생기고 있습니다. 그렇게 해서는 절대 안 됩니다. 잘생겼든 못생겼든 사람은 어머니와 아버지 사이에서 태어나야 합니다.
　이 세상의 모든 생명들은 수십억 년 동안 저마다 조금씩 조금씩 노력하고 애써서 오늘날과 같은 풍요로운 세상이 된 것입니다. 이것을 갑자기 사람이 마음대로 생명의 질서를 깨뜨린다면 앞으로 큰 재앙이 닥칠 것입니다. 랑랑별 때때롱은 그런 뜻에서 어설프지만 써 본 동화입니다." (4~5쪽)

　이 글에 권정생이 자연을 바라보는 관점, 동물을 바라보는 관점, 생명공학을 바라보는 관점이 들어있다. 한마디로 요약하면

과학을 신성한 자연의 질서를 파괴하는 원인으로 보고 있다. 이런 반과학적인 사고방식에서는 당연히 디스토피아 세계를 그리는 SF가 나올 수밖에 없을 것이다.

많은 아동문학을 하는 사람들이 SF 작품을 쓸 때 이런 반과학적인 사고방식을 갖고 있기 때문에 대개는 디스토피아의 세계를 다룬다. 그러나 해러웨이나 르 귄은 SF 작가들이 그리는 디스토피아 세계에 대해서 그렇게 긍정적으로만 보지는 않는다.

해러웨이는 근대 이후 기술공학이 만들어 내는 사이보그 세상을 유토피아의 관점에서 보려고 한다. 오히려 근대 인간들이 만들어 놓은 무지막지하고 폭력적인 기술공학의 결과물들을 한 번 더 뒤집어서, 어떻게 디스토피아 세계를 전복시켜 보다 건강한 유토피아 세계를 만들어 낼 것인지 이야기하려고 한다.

권정생이 『랑랑별 때때롱』에서 그린 SF·판타지 세상을 한번 간단히 살펴보자.

1) 유리처럼 깨끗한 물속에서 물고기들이 헤엄치는 원시 자연이 살아 있다.

2) 모두 고루고루 먹고 열심히 일하고 뛰어놀고, 공부는 학교에서만 한다.

3) 5백 년 전에 전깃불 켜고 텔레비전 보고 자가용 타고 컴퓨

터로 공부하다 실패를 해서 그 이후 5백 년이나 가르치고 연습한 덕택에 호롱불을 켜 놓고 저녁을 먹는다.

4) 도깨비 옷을 입고 5백 년 전으로 돌아가 실패한 과거 세상을 볼 때 보탈이란 아이가 나온다. 여기는 최첨단 기술공학이 만든 세계를 닮아 있다. 학교 공부가 끝나자 심부름 로봇이 보탈을 데려간다. 보탈은 좋은 유전자만 골라 맞춰서 만든 맞춤인간이다. "내 몸엔 이 사람 저 사람 열 사람도 넘는 아버지와 어머니가 따로 있다."고 말한다.

권정생이 그려 낸 미래 유토피아 세계는 최첨단의 기술공학이 만든 디스토피아 세계를 거쳐, 다시 원시 자연의 순수한 세계로 돌아간 세계를 미래의 유토피아 세계로 설정하고 있다. 그러니까 문명의 이기를 벗어던지고, 원시자연으로의 회귀이다. 권정생의 작품은 아쉽게도 너무나 반과학적인 사고에만 갇혀서, 앞서 해러웨이가 지적한 것처럼, 과학이 만들어 내는 존재에 대한 다양한 비유작업을 통해 불러일으킬 수 있는 철학적인 성찰을 놓친 부분이 보인다.

이와 비교해서 르 귄이 단편 「또 다른 이야기 혹은 내해의 어부」에서 지금 지구의 시대보다 훨씬 미래의 세계인 행성 O의 삶에 대해 그리는 장면을 몇 가지만 소개해 보자. 우리는 이러한 텍스트를 같은 자리에 놓고 살펴보는 작업을 통해서, 권정생 문학을 다층의 시각에서 읽으려는 노력을 해야 한다. 그래야만 새로운 세대들에게 호명되면서, 권정생 문학이 다음 세대에 의해 새롭게 변환되어 나갈 것이다.

르 귄의 「또 다른 이야기 혹은 내해의 어부」를 보면 일단 도입부분에서 눈에 띄는 문장이 있다. 이 문장을 놓고 나는 한참을 생각해 보았다.

"시간이라는 강을 항해할 땐 이야기가 우리의 유일한 보트이지만, 커다란 급류들과 구불구불한 여울들에선 그 어떤 보트도 안전하지 않다."(『내해의 어부』, 245쪽)

우리 인간들은 이야기 배를 타고 시간을 여행하는 존재들이다. 저 이야기 배를 타지 못하면 우리는 그만 시간의 강 속에 빠져 익사하고 마는 것이다. 가슴에서 이야기가 생겨나지 않는 사람은 얼마나 안타깝고 서러운 사람일까. 이야기 배를 타는 사람은 지금 여기 현실이 되었건, 아니면 여기 현실을 넘어서 아직 오지 않은 미래의 세계를 넘나들거나, 한번 왔던 과거의 세계를 넘나들더라도 이야기 배를 타고 다닐 수만 있다면 얼마든지 그 세계를 즐겁게 항해할 수가 있을 것이다.

이야기 배를 타고 르 귄이 가 본 아주 먼 미래 세계인 O행성의 현실은 이런 모습이었다. 작품 속 O행성의 세계는 지금 우리가 살고 있는 지구 시대를 고대라고 부른다. 그러니 지금보다 한참 후의 세계이다.

해러웨이가 제시해 준 사이보그 종족의 사유 체계를 가지고 SF·판타지 작품을 읽다 보면, 무언가 가슴이 시원해지는 지점이 있다. 근대인의 눈으로 보았을 때 보이지 않던 부분이 보이기 시작하기 때문일 것이다.

르 귄은 SF·판타지 작품을 쓴다는 건, "매개변수를 바꾸는 작업"(『내해의 어부』, 9쪽)이라고 했다. 그야말로 르 귄은 자신의 작품 곳곳에서 매개변수를 바꾼다. 예를 들어 『어둠의 왼손』이란 작품에는 게센이란 상상의 세계가 등장하는데, 이 세계에 사는 사람들에게는 특정한 성이 존재하지 않는다. 보통은 중성으로 살다가, 발정기가 되면 이들은 남성이거나 여성으로 몸이 바뀐다. 생물학적 성은 이때 결정되어 남성이 되거나 여성이 되어 아이를 낳을 수 있다.

남성과 여성으로 생물학적인 성이 구별된 인간의 매개변수를 보통 때는 중성으로 살다가 발정기 때만 하나의 성을 가진 인간으로 바꾸어, 이런 존재가 만들어 가는 삶의 매트릭스를 설정하고, 이들 삶의 공간을 탐구해 간다. 당연히 이 매개변수를 바꿔 태어난 인물은 이성애 가부장의 권위를 내세우는 근대 인간 사회에 대한 풍자와 전복을 꾀하는 인물이라 볼 수 있다.

르 귄은 이렇게 매개변수를 바꾸는 작업은 "재미와 변화를 위해서도 필요하지만, 그보다는 작품의 성격과 구조에 필수불가결하기 때문"(위 책, 9쪽)이라고 말했다. 저런 인물의 설정 자체가 벌써 근대 인간의 내면에 대한 전복이면서, 끊임없이 양성의 개념을 가진 존재에 대항하며 양립할 수 없는 긴장감을 불러일으킨다.

우리 사회는 『82년생 김지영』 같은 소설이 베스트셀러가 될 정도로 일반 대중들이 공고한 이성애 가부장제의 그늘에 갇혀 있다는 걸 알 수 있다. 흥미롭게도 르 귄은 O행성의 사람들이 신화시대처럼 서로 다른 반족 사람들끼리 결혼하는 제도를 발견하였다.

나는 지금 상상이란 말을 쓰지 않고 계속 발견이란 말을 쓰고 있다. 르 귄은 『어스시의 마법사』를 어떻게 쓰게 되었는가? 라는 질문을 받고 자신은 그곳을 "설계한 것이 아니라 자신의 무의식에서 발견하였다."(『밤의 언어』, 33쪽)고 말을 한다. 그래서 자신은 "공학자(engineer)가 아니라 탐험가(explorer)"(위 책, 37쪽)라고 말한다.

르 귄이 우리보다 한참 미래인 O행성에서 발견한 결혼제도는 이렇다. 지금 우리의 이성애 가부장제에 갇힌 사람들의 고정관념을 완전히 흔든다.

이곳 사람들은 시간이 한밤중에서 정오까지인 아침 반족 사람들과, 시간이 정오에서 한밤중까지인 저녁 반족 사람들로 나뉜다. 결혼은 아침 반족 남녀가 한 쌍을 이루고, 저녁 반족 남녀가 한 쌍을 이룬 다음에, 이 두 쌍이 합쳐 네 명이 한 가족을 이루는 것이다. 그런데 흥미로운 점은 같은 반족끼리는 성관계를 할 수 없는 금기가 있다. 대신 다른 반족 사람들하고는 남녀 누구하고나 섹스가 가능하다. 아침 반족의 여자는 저녁 반족의 남자 혹은 여자와 섹스가 가능한 것이다. 이성애와 동성애가 모두 가능하다는 것이다. 아이를 낳으면 아이들은 엄마 쪽에 속한다.

르 귄은 이런 식으로 매개변수를 바꾸어 지금 우리가 사는 이 지구의 고정관념과는 다른 세계를 발견한다. 이런 매개변수 놀이를 통해서, 아니면 새로운 것들과 계속 하나로 묶는 주술놀이를 통해서 지금 여기에 대한 새로운 전복의 사유를 자극하고 있다.

르 귄이 쓰고 있는 이런 SF적 발상에서는 꼭 디스토피아 세계를 그릴 수밖에 없는 반과학적인 한 가지 관점의 고정관념은 작동하지 않는 것이다.

권정생은 생애 마지막 주기에 뒤로 가면서 『밥데기 죽데기』 같은 판타지 작품이나, 『랑랑별 때때롱』 같은 SF적인 작품을 남기려고 노력하였다. 나는 이 점을 권정생 문학의 아주 긍정적인 요소로 본다.

지금은 전세계의 문학 작품이 거의 실시간으로 소통되고 번역되는 시대가 되었다. 권정생은 한국의 문학사에만 남아 있는 존재가 아니다. 한국 문학사에서 하나의 큰 산으로 남아 있는 권정생은 세계 아동문학사에 남아있는 작가들과 어떤 형태로든 계속해서 같은 자리에서 말하고 비교하고 즐겨야 한다.

린드그렌(1907~2002)은 리얼리즘 작품부터 판타지 작품까지 다양한 형식의 작품을 남겼다. 『난 뭐든지 할 수 있어』, 『내 이름은 삐삐롱 스타킹』, 『사자 왕 형제의 모험』, 『미오 나의 미오』, 이 밖에도 많은 작품들이 떠오른다. 로알드 달(1916~1990) 또한 그렇다. 『챨리와 초콜릿 공장』, 『마틸다』, 『마녀를 잡아라』를 비롯해서 많은 작품들을 남겼다. 르 귄(1929~2018)은 『어스시의 마법사』 시리즈를 비롯해서, 『내해의 어부』, 『빼앗긴 자들』이 떠오른다. 1936년생인 크리스티네 뇌스틀링거 또한 『오이대왕』, 『깡통 소년』, 『언니가 가출했다』를 비롯해서 역시 많은 작품이 있다. 뇌스틀링거보다 한 해 뒤에 태어난 권정생(1937~2007)은 『몽실 언니』, 『강아지 똥』, 『하느님이 우리 옆집에 살고 있네요』, 『밥데기 죽데기』를 비롯해 역시 많은 작품들을 남겼다.

동시대 작품 활동을 한 작가들의 작품을 놓고 역사 현실도 고려하면서 좀 더 자유롭게 작품들을 비교하는 글들이 많이 써졌으면 좋겠다. 권정생 문학을 다루는 평전은 시대에 따라서 계속해서 다시 쓰여야 하는 것이다. 문학사가 늘 새로운 철학적 관점을 가지고 새롭게 써져야 하듯이.

권정생이 SF·판타지를 시도할 때 한 가지 아쉬운 점은, 르 귄이 한 매개변수 사유를 조금 더 적극적으로 가져왔더라면, 아마도 반과학적인 입장에서 아이들에게 줄 수 있는 알레고리가 겉으로 드러나는 전개 방식보다 더 많은 토론이 가능한 공간을 발견할 수 있지 않았을까 하는 것이다. SF 하면 반과학적인 입장에서 디스토피아의 세계만 생각하는 작가들이 많은데, 해러웨이나 르 귄이 SF를 바라보는 관점에 대해 깊이 생각을 해 보면 좋을 듯 하다.

우리가 과학이라고 할 때, 과학은 자연과학만 있는 것이 아니다. 인문 사회과학의 영역도 있다. 그래서 'SCIENCE FICTION'을 해러웨이는 다양한 언어로 다시 변주해서 읽는다. 'SPECULATIVE (사색적인) FICTION' 할 때는 과학은 자연과학과 인문사회 과학에서의 철학적인 사유 모두를 포함한 개념으로 이해를 해도 좋을 것이다. 꼭 자연과학의 과학적인 도구를 가져와야만 하는 것은 아닌 것이다. 또 해러웨이는 'SPECULATIVE FEMINISM'으로도 변환해서 읽는다. 'SCIENCE'는 'SPECULATIVE'로 'FICTION' 의 세계는 'FEMINISM'의 세계로도 통하는 것이다.

해러웨이 작품을 읽으면서 나는 뒤로 갈수록 헤러웨이가 왜 그렇게 온코마우스와 자신이 자매종이며, 온코마우스에 대한 반대의 소리를 들을 때 인종차별의 느낌마저 든다고 한 것인지 이해할 수 있었다. 내가 해러웨이에게 처음부터 쉽게 공감하지 못한 것은 내 자신이 남성지배질서 속에 안주하여 살아왔기 때문이었다. 내 존재와 타자를 하나로 묶어 내 다양한 존재들과 소통하는 주술적 사고와 놀이 감각이 부족했단 사실을 발견할 수 있었다.

　한 편의 SF·판타지 작품을 아이들과 함께 읽는다는 건 행복하고 즐거운 일이다. 지금 지구는 바이러스와의 전쟁이라는 새로운 과제를 안게 되었다.『랑랑별 때때롱』은 지구가 닥친 이런 문제를 성찰하는 데 아주 좋은 토론 재료가 될 것이다.

　종의 경계를 넘나들면서 유전자 조작 식품을 만들거나, 식용을 위해서 유전자 조작 동식물들을 마구 실험실에서 생산해 내는 일은 매우 위험한 일이다.

　예를 들어서 한 생명공학 회사는 생산성을 늘리기 위해 병충해에 강한 유전자 조작 목화를 농민들에게 재배하게 하였다. 겨울에 이 목화 잎을 따 먹은 양들이 떼죽음을 당하는 사건이 있었다. 그러나 이러한 재앙을 불러온 회사들은 책임을 지지 않는다. 생명공학 회사와, 생산성을 앞세운 자본주의 산업의 다국적 체제와, 이런 생산 시스템을 지지하는 국가 권력이 다 하나로 돌면서, 재앙의 악순환을 만들어 내고 있는 것이다.

코로나19 이후 우리는 공생과 나눔의 의미를 더욱 절실하게 깨닫게 되었다. 우리에게 익숙하게 작동하던 자본주의에 대한 새로운 성찰이 필요한 시대가 되었다.

자본주의는 흔히 달려가는 자전거에 비유한다. 가만히 서 있으면 쓰러지고 마는 것이다. 어떻게든지 페달을 밟아야만 쓰러지지 않고 달려가는 자전거처럼 자본주의 시스템은 끊임없이 생산하고 소비하는 선순환 구조를 바탕으로 하고 있다. 생산력을 계속 향상시키는 방향으로 달려가다 보니 자연은 점점 과잉으로 착취되어 결국은 코로나19와 같은 자연의 역습을 당하게 되었다.

그렇다고 지금 자본주의 시스템에서 원시 자연 시대로의 회귀는 불가능할 것이다. 이쪽도 문제가 있고 그렇다고 저쪽으로 돌아갈 수도 없는, 양립할 수 없는 모순 속에 우리는 던져져 있다. 앞으로 아이들이 살아가는 시대는 더욱 더 첨예한 모순적인 상황을 드러낼 것이다.

아이들과 토론을 할 때 우리는 해러웨이가 알려준 토론 자세를 역시 잊지 말아야 한다. 양립할 수 없는 것들이 모두 참되기 때문에 여기에서 발생하는 긴장 관계를 감내하고 서로 다른 차이를 적으로 돌리지 말고 인정하면서 대화를 즐기는 유머를 잃지 말아야 할 것이다.

지금 나는 교사와 아이들이 함께 있는 교실 풍경을 생각하면서 이 글을 쓰고 있다. 그곳에서 내가 문학토론을 하는데 도우미로 참여한다는 생각으로 글을 쓰는 것이다. 가족들과 아이가 마주 앉아 문학 이야기를 나누는 풍경도 생각하고, 어른들이 문학교육을 어떻게 하면 좋을까 고민하는 모습도 떠올리며 쓰고 있다. 나는 이 글이 문학을 필요로 하는 현장에서 조금이라도 쓸모가 있기를 바라며 쓴다.

　『랑랑별 때때롱』에서 가장 핵심은 미래의 유토피아 세계로 설정한 세계가 원시 자연과 더 가까운 시간인 호롱불을 사용하는 시공간이라는 것이다. 지금 우리 아이들은 작품 속에 나오는 보탈이 살아가던 기술공학이 지배하던 시대에 거의 접근한 환경 속에서 살아가고 있다. 보탈의 세계와 할머니 호롱불의 세계를 양립할 수 없는 참된 세계로 놓고 아이들과 열띤 토론을 한번 벌여 봐도 좋을 것이다.

　해러웨이의 『사이보그 선언문』을 읽어 보면 이 작품에는 두 개의 시공간이 설정되어 있다. 하나는 근대인간 중심의 세계관이 지배하는, 인본주의의(humanism) 세례를 받은 사람들이 만들어 놓은 세상이다. 인본주의 세계관에서 만들어진 개념어들을 사용하면서 사는 사람들을 일단 근대인간족이라고 해 보자. 그러니까 여기서 근대인간족은 꼭 사람뿐만이 아니라, 인간 중심 세계관에 갇혀 사는 사람과 관계하는 모든 존재들, 사회 시스템 전반을 포함하는 용어로 가정해 보자.

해러웨이는 이 근대인간 중심의 세계관이 담고 있던 특징들을 문장 곳곳에서 언급하고 있다. 그러면서 이 세계와 대립하는 인간 중심 세계 이후, 즉 '포스트 휴먼'이라고 말해도 좋겠는데, 이 '포스트 휴먼'이란 말도 인간 중심의 강화 버전일 수도 있다는 비판을 고려할 때, 해러웨이는 더 구별되는 개념으로 '사이보그 세계'를 거론한다. 그렇다면 근대 이후 사이보그 세계에 존재하는 사람들을 비롯해서, 이 세계와 관계하는 모든 존재들이나 가치관, 사회 시스템 전반을 일컫는 말로 사이보그 종족이라 부르기로 하자.

해러웨이가 쓴 『사이보그 선언문』의 핵심은 근대인간과 근대 이후 사이보그 종족이 서로 대립하거나 기대거나 하면서 뒤섞여 살아가는 공간을 설정하고, 이 공간에 대한 깊이 있는 해석을 하고 있는 점이라 할 수 있겠다.

해러웨이는 존재를 이분법적으로 보지 않는다. 해러웨이는 이분법적으로 경계를 짓고 살던 기존 근대인간들의 사유 체계를 오히려 흔들어서 경계 지었던 칸막이를 없애 둘을 뒤섞어 놓는다. 경계를 위반하고 넘나들고 뒤섞이면서 태어나는 종들의 세계가 바로 사이보그의 핵심이다. 지금 아이들이 빠져 있는 디지털 세계가 바로 이런 경계를 위반하는 사이보그 종족의 세상과 닮아 있다.

SF 세계에 입문하려는 사람들, 아이들과 SF·판타지 작품을 놓고 대화를 하려는 사람들은 기존 근대인간의 특징과 근대 이후 사이보그 종족의 특징을 깊이 있게 생각해 볼 필요가 있다.

대표적인 특징 몇 가지를 정리해 보면 이렇다.

기존 근대 인간의 이미지 / 근대 이후 사이보그 족의 이미지

1 인간(유기체)과 기계가 서로 분리된 상태. / 인간과 기계가 하나로 뒤섞인 잡종의 성격을 가진 피조물.

2 SF와 사회 현실을 갈라놓는 경계가 있다. / SF와 사회 현실의 경계는 착시일 뿐이다. 하나로 뒤섞여 있다.

3 자연에서 진화가 일어난다. / 실험실에서 분류학적 계를 넘는 유전자 이식을 통한 새로운 종의 탄생, 즉 진화가 일어난다.

4 생명의 신성함을 들며 종을 뛰어 넘는 유전자 경계 횡단을 반대한다. / 유전자 이식으로 태어난 종들을 자신의 친족으로 생각한다.

5 인종의 순수성을 추구하는 인종 차별 의식이 있다. / 종의

경계를 넘어 태어난 유전자 이식 생명체들로 인종의 순수성 같은 것은 없다. 그렇기 때문에 인종차별 같은 관념은 없다.

6 가계 오염에 대한 불안. 젠더와 성에 대한 불안 의식이 있다. / 관습을 거스르며 오히려 위반적인 가계 오염, 경계 횡단을 즐긴다.

7 근대 인간의 눈으로 에세이를 쓴다. / 온코마우스와 같은 쥐의 눈으로 에세이를 쓴다.

8 피를 나눈 혈연 가족과의 친밀성을 중요시한다. / 괴물, 흡혈귀, 대체물, 외계의 존재들과 친밀감을 유지한다. 다양한 종류의 자매 종들과 낯선 자들의 친밀성을 즐긴다.

9 충만함, 은총과 공포에 의존하는 남근적 어머니라는 표상이 있다. / 어머니로부터 분리된다. 어머니가 아닌 매트릭스가 있을 뿐이다.

10 에덴동산에서 태어났다. / 에덴동산과 같은 기원이 없고 역사 속에서 태어났다. 그 역사는 그리 길지 않다.

11 자연과 인공의 구별이 분명하다. / 자연적인지 인공적인지 모호한 세계에 사는 동물들이자 기계들이 단골로 등장 한다.

12 젠더 분열, 오이디푸스적 달력 위에서 맴돈다. / 구원의 역사와 무관, 태초도 종말도 없을, 젠더 없는 세계를 상상하는 유

토피아적 전통을 따른다.

13 아버지가 에덴을 복원해 이성애 짝을 제작해 주기 바라는 프랑켄슈타인이 만든 괴물의 소망이 존재한다. / 아버지가 중심이 되는 오이디푸스적인 기획이 없고, 유기체적 가족 모델에 따라 설계된 공동체를 꿈꾸지 않는다. 에덴동산을 알아보지 못하고, 흙으로 빚은 존재들도 아니다.

14 국가 사회주의, 군사주의와 가부장제적 자본주의가 주류를 이룬다. / 국가사회주의, 군사주의와 가부장제적 자본주의가 낳은 사생아다. 그렇기 때문에 이런 문제에서 자유롭지 못하지만, 사이보그는 이들 부모를 배신할 때가 많다. 아버지 존재에 주눅 들지 않는다.

15 단지 은유라고 하는 개념적인 차원에 관념적으로 머물기 쉽다. / 은유를 실제로 행한다. 은유와 실재, 물질과 상상의 경계가 없다.

16 애완견, 반려견 개념을 가지고 있다. / 동물을 보는 관점이 유전자를 같이 나눈 인간 동물이라고 하는 새로운 종의 탄생으로 여기고 공생한다.

17 온코마우스는 유방암 치료를 통해서 돈을 벌기 위해 특허를 낸 초국가적 자본의 교환 회로에서 태어난 평범한 상품일 뿐이다. / 온코마우스는 친족 개념으로 볼 때, 인류의 구원을

약속하는 희생양이다.

18 온코마우스는 발명품이며, 흡혈귀이다. 이 흡혈귀는 가족이 아닌 타자일 뿐이다. / 온코마우스는 특유한 범주-교차적인 일을 하는 점에서 흡혈귀와 닮아 있다. 사이보그는 자신을 닮은 흡혈귀와 친밀감을 느낀다. 친족으로 여긴다.

19 기계는 단지 기계일 뿐이었다. 기계 자체가 저자가 될 수 없었다. 남성 중심적 재생산이라는 꿈의 풍자 역할에 불과하였다. / 기계는 물질로도, 정치적 사물로 보기도 힘든, 의식 또는 의식의 시뮬레이션으로 부유하는 기표로 각 지역을 횡단한다.

창작을 하는 사람들도 그렇고, 아이들을 가르치는 교사나, 학부모들도 그렇고, 위 특징들은 자꾸만 읽고 한 문장씩 사유를 해보면 좋겠다. 자신의 삶으로 가지고 와서 내가 이 두 종족 가운데 어느 위치에 서 있는가를 생각해 보면 흥미롭고 재미도 있을 것이다. 어느 부분에서는 근대인간 쪽에 어느 부분은 근대 이후 사이보그 쪽에 서 있는 이중적인 자신의 위치를 누구나 발견할 수 있을 것이다.

해러웨이도 자신의 책 곳곳에서 주장하고 있지만, 지금 자본주의 시스템은 미래를 살아갈 우리 어린 세대들에게 너무나 많은 짐을 지우고 있다. 그렇다고 지금 이루어지고 있는 기술 과학 문명의 흐름을 다시 원시 자연 시대로 돌이킬 수는 없다.

시간의 흐름은 근대인간의 시간에서, 사이보그 종의 시간으로 흘러간다. SF나 판타지를 읽을 때, 사유의 방향이 근대인간의 시간에서 사이보그 종의 시간 쪽으로 흘러가는가, 아니면 그 역방향으로 흘러가는가를 잘 살펴보면 좋을 것이다. 가능하면 공생과 나눔의 철학이 작동하는 방향으로 나아가는, 치열한 실천적인 스토리텔링에 대한 탐구가 되어야 한다.

지금 어른들은 근대 이후 사이보그 시각으로 본 이야기 배를 탈 수 있어야, 아이들과 팽팽한 긴장감을 유지하며 끊임없이 되풀이되는 모순의 장에서 쓰러지지 않고 토론할 수 있지 않을까. 적어도 아이들을 키우다가 시간의 강에 빠져 익사하지는 않으려면 어떤 배를 타야 할 것인가? 기존 근대인간의 가부장질서 이미지를 닮은 배를 탈 것인가, 아니면 근대 이후 공생과 나눔의 철학을 겸비한 사이보그 종의 이미지를 닮은 배를 탈 것인가?

디지털 시대, SF·판타지 세계로 들어가려면 이 두 종류의 배가 갖고 있는 성질을 분명하게 이해해야 한다. 그런 다음에 두 경계를 허물며 넘나들어야 한다. 그래야 SF·판타지 시대 아이들과 시간의 강에 빠지지 않고 대화를 즐길 수 있을 것이다.

7장

세상은 기호와 코드의
숲으로 덮여 있다

-민담 읽기의 실제

디지털 시대에 발견되는 새로운 어린이는 어디서 뚝 떨어진 존재들이 아니다. 이미 이 어린이들은 입말로 즐겨 오던 민담 속에도 존재하고 있었다.

　민담에 작동하는 스토리텔링의 힘을 이해하고 즐기다 보면 저절로 어린이들이 갖고 있는 내면 심리 에너지의 보편성을 느낄 수 있을 것이다. 이래서 신화와 민담은 시대를 초월하여 어린이를 이해하기 위해서는 꼭 통과해야만 하는 세계이다.

　민담 한 편을 재료로 해서 코드 개념으로 작품을 한번 읽어 보자.

아이들이 스토리텔링 과정에서 느낀 감정의 흐름들을 즐길 수만 있다면 문학 공부 시간은 배로 즐거울 것이다.

『그림 메르헨』에 맨 처음 실려 있는 「엄지둥이 재봉사의 여행」이란 작품을 감상해 보자.

> 옛날 한 재봉사에게 아들이 하나 있었습니다. (『그림 메르헨』, 9쪽)

민담을 즐길 때는 한 문장도 그냥 허투루 넘길 수 없다. 민담은 이야기가 우리 몸과 마음을 흔들며 불러일으키는 감정선의 흐름을 따라, 음악에 몸을 맡기듯 즐겨야 한다.

첫 문장에서 재봉사가 나온다. 재봉사는 어떤 상징의 의미가 있는 것일까? 민담이나 신화에 등장하는 인물들은 모두가 존재와 존재를 중개하는, 자연계와 인간계를 중개하는 존재라 생각하면 좋을 것이다. 이게 바로 주술적 사고의 기본이다. 주술적 사고는 모든 존재를 영혼의 형제로 생각한다. 모든 존재가 영혼의 형제이니, 이들 모두는 서로가 연결되어 있는 것이다. 그러니 저 재봉사도 누군가와 누군가를 연결하는 매개자인 것이다.

예를 들어서 나무꾼은 나무를 다루는 사람이다. 하늘과 땅을 이어 주는 우주수를 다루는 사람이니 보통 사람이 아니다. 나무꾼이 선녀를 만나는 건 너무나 당연한 일이다. 사냥꾼 또한 마찬가지다. 동물은 인간에게 먹이가 되어 준다. 인간과 동물을 중개하는 존재가 바로 사냥꾼인 것이다. 이렇게 생각할 때 이쪽과 저쪽의 공간이 확 열린다. 인간계와 동물계, 자연계와 하늘계, 현실과 판타지로 구분되던 공간이 하나로 이어지면서 우리가 미처 보지 못했던, 그러나 느낄 수는 있었던 세계가 열리는 것이다. 이 두 세계를 여는 존재들이 바로 SF·판타지의 주인공들이다.

모든 존재는 누군가를 매개하는 자리에 서 있다. 이게 존재의 운명이라 해도 좋고, 존재의 기쁨이라 해도, 존재의 슬픔이라 해도 좋을 것이다. 매개한다는 것은 어떤 의미에서는 매우 즐거운 일이기도 하고, 어떤 면에서는 매우 고통스런 일이기도 하다.

이 매개항 코드가 민담을 즐기는 핵심 중의 핵심이다. 앞에서 레비스트로스도 얘기하지 않았던가. "가족관계의 과도한 남용은 일반적으로 연결된 요소들을 분리시키고, 중개항의 개입이 있어야 결합이 이루어진다."고. (『신화학』, 187쪽)

분리되었던 요소들은 매개항이 개입되면서 다시 통로가 열리는 것이다. 그래서 모든 존재는 닫혔던 상태의 문을 여는 내면의 힘을 가지고 있다.

만약에 이쪽과 저쪽을 잇는 매개항이 없다면 어떤 일이 일어날까? 신화를 연구하는 사람들은 이런 말을 한다.

(매개항이 존재하지 않는다면) 먼저 두 극의 완전한 결합이 일어나 (왜냐하면 태양이 땅에 너무 가까워져서) 땅을 태우거나, 또는 완전한 분리가 일어나(왜냐하면 태양이 사라지므로 밤이 계속되어) 썩은 세상이 도래한다. 그러니까 모두 3가지의 경우가 있을 수 있는데, 그 중 하나는 중재가 일어나는 것이고, 두 번째는 중재가 배제되는 것이다. 매개항의 부재는 결핍(두 극의 분리)이나 과도(두 극의 결합)로 상정될 수 있다. (『신화학』, 56쪽)

매개하는 존재가 부재할 때, 두 극의 존재가 완전히 들러붙어서 과도한 현상이 일어나거나(태과), 아니면 완전히 분리돼서 극심한 결핍(불급)이 일어나거나 한다는 것이다.

여기에서 다시 이런 질문을 해 볼 필요가 있다. 요즘 현대인들이 왜 그렇게 판타지를 즐기는 걸까? 우리가 사는 이 세상은 자본의 독점으로 인한 과도한 남용이 일어나고 있는 시대이다. 달리 말하면 과도한 남용은 분리를 발생시킨다. 대중들은 이 과도한 남용의 시대에, 내면에서는 매개항을 통해 분리되었던 요소들이 다시 연결되기를 희망하는 간절한 바람이 있는 것이 아닐까?

이 매개항의 문제와 관련해서 레비스트로스가 『신화학』에서 쓴 아주 아름다운 문장이 있다.

"신화는 흔히 불구자나 병자에게 긍정적인 의미를 부여하는데, 이들이 매개형식을 구현하기 때문이다. 우리는 불구나 병을 존재의 결핍, 즉 불행이라고 생각한다. 그러나 죽음은 삶과 마찬가지로 실제적이다. 그렇기 때문에 존재하는 것 모두 말하자면, 병적인 것까지를 포함하는 모든 조건은 그 나름대로 긍정적이다. 가장 볼 것 없는 존재도 체계 내에서 완전한 자리를 차지할 권리를 갖는다. 왜냐하면 불구나 병은 죽음과 삶이라는 두 개의 '완전한' 상태를 통로로 설정할 수 있는 유일한 형태이기 때문이다."(『신화학』, 173쪽)

몸이 아플 때면 나는 늘 이 문장을 떠올린다. 질병은 삶과 죽음의 중간 상태이다. 몸 어디에 병이 없는 사람은 없으며, 그래서 우리 모든 존재는 삶과 죽음을 매개하고 있는 존재인 것이다. 산다는 것도 완전한 상태이고, 죽음도 완전한 상태이다. 우리는 이 두 대극의 경계가 허물어지고 틈새가 열린 통로를 따라왔다 갔다 하며 사는 것이다. 이게 바로 사이보그의 상상력이다. 사이보그는 삶과 죽음을 이분법적으로 나누지 않는다. 삶과 죽음을 이분법적으로 나누는 사람들은 죽지 않고 영원히 살려고 한다. 이들이 많은 문제를 일으킨다.

그럼, 재봉사는 어떤 존재인가. 어떤 걸 매개하는 존재인가. 옷을 만드는 존재이고, 옷감을 관리하는 존재이고, 인간에게 문명의 옷을 입히는 존재이다. 나무꾼이나 사냥꾼이나 재봉사나 다 같은 우주 질서 안에서 나름의 역할을 담당하는 매우 귀한 존재들이다.

위 첫 문장에서 재봉사에게 아들 하나가 있었다. 아들의 존재에 대해서도 우리는 깊이 생각해 봐야 한다. 아들과 딸이 부모와 관계 맺는 방식은 또 다를 것이다.

다음 문장을 살펴보자.

엄지손가락 정도 밖에 안 될 정도로 작아서 이름이 엄지둥이였지요. 하지만 용기는 하늘을 찌를 듯 했답니다. (『그림 메르헨』, 9쪽)

엄지손가락 정도의 아주 작은 인간이 나온다. 보일락 말락 작은 인간들이 존재한다. 이 작은 인간 코드는 사이보그 이미지하고도 닮아 있다. 사이보그 종족이 사는 이 시대는 생명공학과 인공지능 시대라고도 한다. 생명공학은 분자를 다룬다. 해러웨이는 자신의 책에서 영국의 생물공학 회사 쿼드런트가 〈단순해진 분자생물학〉이란 이름으로 낸 광고 만화 한 편을 소개하고 있다. 사람과 분자의 크기가 거꾸로 되어 있다. 분자는 아주 거대한 크기로 그려져 있고, 그 분자를 자르고 톱질하고 있는 실험실 과학자들은 아주 작은 난쟁이로 그려져 있다.

"과학자들은 앨리스의 거울을 통해 이곳으로 들어갔고 그래서 매우 작아졌다. 그들은 너무나 작아서 나선형의 물체들로 구성된 거인 세계에서 난쟁이들이다." (『겸손한 목격자』, 150쪽)

지금 디지털 시대 아이들은 모두 사이보그 앨리스들이다. 엄지둥이의 후예들이라 할 수도 있을 것이다. 엄지손가락만큼 작은 엄지둥이였지만, 용기는 하늘을 찌를 듯하다. 여기에서도 수사 기법상의 코드를 발견하게 된다. 엄지둥이는 아주 작은 줄어드는 느낌인데, 용기는 하늘을 찌르는 확대되는 방향으로 작동을 한다. 작은 쪽과 큰 쪽, 서로 다른 에너지를 주는 상상력의 기운이 한 인간의 몸에서 작동한다. 이게 바로 민담이 갖고 있는 문장의 매력이다.

대극의 에너지가 한 몸에서 작동할 때, 과장법적인 경이가 일어나고, 이게 읽는 이의 마음에 재미있는 감정선의 흐름을 만들어 낸다. 이야기꾼의 몸에는 이런 과장법적인 경이를 일으키는 언어 감각이 자연스럽게 배어 있다. 아동문학을 하고, 아이들과 함께 사는 사람들이라면 이런 수사기법상의 언어의 배치, 언어의 감각을 꼭 염두에 두어야 할 것이다.

심각한 것은 좋지 않다. 진지한 건 좋지만 심각한 건 병이다. 진실한 사람은 오히려 무거움과 가벼움이 동시에 존재한다는 것을 알고, 그 양쪽을 다 넘나들 수 있는 사람이라 할 수 있을 것이다. 이게 바로 유머이다. 민담은 문장 하나하나마다 유머가 깃들어 있다. 유머는 대극이 되는 과장법적인 경이를 일으키는 언어가 주를 이룬다.

엄지둥이는 부모님과 마지막으로 저녁을 먹기로 하였습니다. 그래서 엄마가 무슨 요리를 하는지 보러 부엌으로 갔습니다. 엄마가 요리를 막 시작했는지 부뚜막에 냄비가 올려져 있었어요.
"오늘은 뭘 먹을 거예요?"
"네가 직접 보렴."
그래서 엄지둥이는 부뚜막으로 뛰어 올라가서 냄비 안을 들여다보았어요. (『그림 메르헨』, 9쪽)

엄마가 나온다. 엄마 역시 이중의 의미가 있다. 잡아먹는 엄마와 길러 내는 엄마. 여기서는 일단 기르는 엄마로 나온다. 아들이 세상 밖으로 나가는데 밥 한 끼는 먹여서 보내려 한다. 밥이라고 하는 것, 존재가 서로 같이 어울려 밥을 먹는다는 것은 가슴 짠한 일이다.

먹는 코드에는 늘 먹히는 대상이 존재한다. 누군가를 함께 먹어 치우는 것이다. 그래서 밥을 먹는 행위는 생명을 먹는 행위이고 신화적인 행위이다. 희생 제의의 의미가 들어 있다. 밥 먹는 모습이 예쁘게 보인다면, 그 사람은 분명 사랑하는 대상일 것이다. 내가 먹힐지도 모르는데 그렇게 먹는 모습이 예쁘다면, 기꺼이 그 존재에게 내가 먹혀도 좋다는 그런 심리 에너지가 들어 있는 것이다.

> 하지만 목을 너무나 한껏 빼는 바람에 냄비에서 올라오는 김에 휩싸여 버렸지요. 엄지둥이는 김을 타고 굴뚝 위로 올라가 한참을 날아가다, 가까스로 땅에 내려앉았습니다. (위 책, 9쪽)

엄마와 마지막 밥을 먹는 제의가 오히려, 아들을 세상 밖으로 나가게 만드는 계기가 되었다. 엄마는 아이를 길러서 내보내는 이중의 역할을 하고 있다. 그 어떤 민담이나, 신화나 판타지건 간에, 이야기의 핵심은 아빠, 엄마, 아들이 이루어 내는 근친상간의 삼각관계에서 비롯된다.

아래 문장을 더 보자.

> 그렇게 세상으로 나온 엄지둥이는 여기저기 떠돌다가 한

재봉사에게서 일자리를 얻었습니다. 그런데 주인 여자가 준 음식이 그다지 마음에 들지 않는 거예요. 꼬마 재봉사는 말했습니다.

"주인 아주머니, 우리한테 좀 더 좋은 음식을 주지 않는다면 분필로 대문에다 써 놓을 거예요. '감자는 너무 많고 고기는 너무 적다. 감자의 왕 씀!' 이라고요."

"뭐라고, 이 메뚜기 같은 녀석이!"

주인 여자는 화가 나서 헝겊 조각을 집어 들고는 엄지둥이를 때리려고 했습니다. 하지만 엄지둥이는 재빨리 골무 밑으로 기어 들어가서 주인 여자한테 혀를 쏙 내밀어 보였어요. 주인 여자가 골무를 들어 올리고 엄지둥이를 잡으려고 했지만 엄지둥이는 헝겊 조각 안으로 훌쩍 뛰어 들어갔습니다. 주인 여자가 헝겊 조각들을 마구 집어던지면서 엄지둥이를 찾는 동안, 엄지둥이는 작업대에 나 있는 틈새로 기어 들어갔습니다.

"헤헤! 아줌마, 여기예요!"

엄지둥이는 이렇게 외치면서 머리를 쏙 내밀었습니다. 그리고 주인 여자가 손으로 내리치려는 순간 서랍 안으로 휙 뛰어들었지요.

하지만 마침내 주인 여자는 엄지둥이를 잡아 집 밖으로 내쫓아 버렸어요. (위 책, 9~10쪽)

쫓고 쫓기는 이 과정에도 먹는 코드가 작동하고 있다. 먹는다고 할 때 우리는 음식을 먹는 장면을 떠올린다. 여기에서 조금 더 상상력을 이어 가면 엄지둥이, 즉 현대 사이보그 앨리스의 조상은 아주 작기 때문에 어디든지 들어갈 수 있다. 달리 말하면 누구에게든지 먹힐 수가 있다. 들어간다는 건 먹히는 것이다. 『이상한 나라의 앨리스』에서 앨리스는 토끼 구멍 속으로 들어갔다. 다른 자리에서 보면 앨리스는 토끼 구멍에 먹힌 것이다.

엄지둥이는 먹을 걸 제대로 주지 않는다고 주인에게 대들고 한바탕 싸움을 하는데, 작은 틈새에 들어가기도 하고 서랍으로 들어가기도 한다. 달리 말하면 틈새에 먹히기도 하고 서랍에 먹히기도 하는 것이다. 괴물에게 먹히는 이야기 코드는 아주 많다. 달리 또 말하면 존재는 먹히면서 이쪽에서 저쪽으로 이동한다. 이쪽에서 나와서(토해내서) 저쪽으로 들어가는 것(먹히는 것)이다.

공간 이동도 크게는 먹고 먹히는 순간의 연속이다. 그래서 모든 존재는 먹고 먹히는 존재이다. 먹는 코드의 상상력은 인간 무의식에 가장 강력하게 작동한다. 심리 에너지의 방향을 아주 많이 자극한다. 코드는 바로 감각이다. 이야기꾼은 코드를 무의식적으로 연주하며 말을 한다. 말이 곧 음악이다.

저 어디에든 먹히는 존재인 사이보그 앨리스는 결코 순수하지도 순진하지도 않다. 「학원 가기 싫은 날」이란 시를 발표해서 이 시대 어른들을 깜짝 놀라게 했던 대표적인 사이보그 앨리스인 어린이 시인은 순결무구한 동심천사와는 결이 다른 존재이다. 디지털 세상에서 어른과 아이의 경계는 이미 허물어져 버렸다. 이런 세상에서 살아가는 아이들은 예전의 그런 순진무구한 아이들이 아니다.

아이들은 작은 만큼 어디에도 먹힐 수가 있다. 어디에도 들어가 엿듣고 엿볼 수가 있는 것이다. 지금 이 디지털 세상에서 아이들은 어른들보다 어디든 훨씬 잘 들어가고, 잘 먹히고, 그래서 잘 빠지기도 한다. 아이들은 이걸 놀이로 생각한다. 먹고 먹히는 것이 아이들에게는 놀이다. 일상의 리듬이다. 디지털 세상 아이들의 장점은 놀이 감각이 아주 뛰어나다. 이런 점에서 사이보그 아이들은 결코 심각하지 않다. 민담은 사이보그의 속성을 많이 닮아 있다.

민담의 인물들은 노는 존재들이기 때문에 내면을 외면화시켜 고민 없이 행동을 한다. 가만히 앉아서 생각하지 않는다. 정적이지 않다. 행동하는 문장을 주로 쓰는 것이다. 움직임을 포착하는 언어들을 좋아한다.

엄지둥이는 숨바꼭질 하듯이 놀다가 결국은 주인 여자에게 잡혀 쫓겨나고 말았다. 먹히는 존재들은 순간을 사는 사람들이다. 내가 먹히고 나서의 세계를 미리 경험할 수는 없다. 일단 먹히고 나서, 그쪽 세계에 던져지고 나서 거기에서 다시 삶이 계속될 뿐이다. 먹히는 존재들의 삶은 그래서 늘 모험의 연속이다. 예측 불가능한 세계를 사는 것이다. 이래서 우발적인 마주침의 관계로 움직인다. 주인공의 운명은 어디로 튈지 모르는 공처럼 늘 순간의 지점에 사로잡혀 있다.

살다 보면 위축될 때도 있다. 이럴 때 엄지둥이에 무의식을 투사하면 힘이 될 수도 있을 것이다. 엄지둥이는 어디에든 먹혀서 들어갈 수 있는, 어디든 먹혀서 공간이동이 가능한 존재이다. 작은 것이 곧 큰 것이다. 작은 것이 곧 용기 있는 것이다. 작은 것이 곧 온 세계로 열린 세계인 것이다. 현대 문명의 디지털 기기들은 아주 작은 미세한 칩으로 이루어져 있다. 작은 것이 세상을 연결시킨다. 이 작은 문명의 기기를 어떤 목적으로, 누구를 위해서, 어떻게 쓸 것인가는 또 다른 문제이다.

이리저리 떠돌아다니던 엄지둥이는 도적 떼를 만난다. 임금님 보물 창고 안으로 들어가 도적떼에게 금을 던져 준다. 엄지둥이는 두목이 되어 달라는 부탁을 마다하고 동전 한 닢만 갖고 다시 길을 떠난다.

임금은 질서, 도둑은 무질서의 코드를 생각나게 한다. 질서와 무질서가 공존한다. 엄지둥이는 이 양쪽을 매개하고 있다.

질서 쪽을 덜어서 무질서 쪽으로 옮겨 준다. 엄지둥이 자신은 무질서 쪽에서 동전 한 닢만 가지고 다시 나그네 운명의 길을 간다.

이후 떠돌아다니면서 엄지둥이는 소의 배 속으로 들어간다. 크게 보면 먹는 코드, 음식 코드의 한 범주에 들어가는 스토리 맥락이다.

이 이야기 시작 부분에서 엄지둥이는 엄마가 해 주는 밥을 먹으려다가, 그만 냄비 김에 싸여 밖으로 나올 수밖에 없었다. 먹는다는 코드가 이 작품에는 처음부터 작동하여 중심 흐름을 지배하고 있다. 소가 소시지로 변하면서 엄지둥이는 결국은 소시지 안으로 들어가고 말았다. 소시지도 먹는 음식이다. 음식 안에 갇혔다. 음식에게 먹혔다.

「트루데 아주머니」에서 소녀도 잡아먹혔다. 『헨젤과 그레텔』에서도 마녀는 아이들을 구워 먹으려 한다. 담배의 기원설화에서도 엄마는 남편과 마을 사람들을 다 잡아먹었다. 먹는 코드라는 걸 아주 깊이 성찰해야 한다. 삶은 크게 보면 그 자체가 먹고 먹히는 우주의 순환 자체이다. 우리 존재는 이 큰 순환에서 예외일 수가 없다.

끝부분을 같이 읽어 보자.

그렇게 험한 꼴을 당하고 나니 더 이상 그 집에 있고 싶지가 않았어요. 엄지둥이는 곧장 다시 방랑길에 올랐습니다. 그러다 어느 숲을 지날 때 여우 한 마리와 마주쳤어요. 여우는 아무 생각 없이 엄지둥이를 덥석 삼켰습니다.

"이봐, 여우 아저씨."

엄지둥이가 외쳤습니다.

"나 여기 있어요. 아저씨 목에 걸려 있다고요. 날 다시 내보내 줘요."

"네 말이 맞아."

여우가 대꾸했습니다.

"널 먹어 봤자 간에 기별도 안 갈 거야. 네 아버지 집 마당에 있는 닭들을 나한테 주겠다고 약속하면 내보내 주마."

"얼마든지 약속할게요."

엄지둥이는 말했습니다.

"닭이란 닭은 모조리 다 줄게요. 나만 믿어요."

그러자 여우는 엄지둥이를 풀어 주고 등에 태워 데리고 갔습니다. 아버지는 아들이 다시 돌아오자 기꺼이 여우에게 닭들을 내주었습니다.

"그 대신 나는 아버지한테 돈을 드릴게요."

엄지둥이는 아버지에게 말하고 그 동안 내내 간직하고 있던 동전을 내밀었어요.

"그런데 아버지, 불쌍한 닭들을 왜 몽땅 여우한테 내주셨어요?"

"원 얘야. 아버지는 마당에 있는 닭들보다 아들을 훨씬 사랑하잖니."

아버지가 대답했답니다. (위 책, 12~13쪽, 1819년 판)

엄지둥이는 세상 밖 여행을 한 다음에 다시 집으로 돌아왔다. 회귀적 여행을 하는 대표적인 동화 가운데 하나이다. 여우에게 다시 먹히는 존재가 되었다가, 다시 뱉어 내고, 여우 등에 타고 집으로 돌아왔다. 아버지는 기꺼이 닭들을 다 내주었다. 엄지둥이는 자신이 간직하던 동전을 아버지에게 주었다. 이 동전은 엄지둥이에게는 전 재산과 같은 것이다. 가지고 있는 모든 걸 다 내주는 상징의 의미가 있다.

SF·판타지는 장르문학이다. 장르문학은 코드를 놀이처럼 즐긴다. 세상은 기호와 코드로 덮여 있다. 그래서 세상은 텍스트이다. 세상은 장르문학의 뿌리이다.

참고로 「엄지둥이 재봉사의 여행」(1819년 판)이 실린 『그림 메르헨』에 대해 잠깐 소개해본다. 앞서도 살펴보았듯이 『그림 메르헨』에는 편집자가 그림 형제가 재화했던 여러 판본 가운데 마음에 드는 각 편을 골라 실었다.

그림 형제는 판본이 뒤로 갈수록 자신들의 문학적인 재능을 살려 묘사하는 문장을 많이 사용하였다. 그런데 초기 판본들은 입말을 살려 재화한 맛이 나는 문장들이 많다. 읽는 속도가 있고, 귀로 들을 때 다양한 코드가 선명하게 느껴지기도 한다.

『그림 메르헨』에 실린 첫 작품이 「엄지둥이 재봉사의 여행」이란 점도 흥미롭다. 신화나 민담이나 SF나 판타지에 작동하는 가장 강력한 코드인 먹는 코드를 가진 이야기가 가장 앞에 실린 것이다.

학교 현장에 있는 교사들이나 학부모들은 이 판본에 실려 있는 작품을 아이들에게 들려주면 좋겠다. 들려주는 선생님은 오케스트라 지휘자가 되고, 이야기는 아이들 몸속으로 들어가, 아니 아이들 몸에 먹혀, 아이들이 자신의 몸 악기를 연주하는데 먹잇감으로 작동할 것이다. 이야기 자체가 먹히기 위해서 태어난 먹는 코드의 운명을 사는 대표적인 예인 것이다. 이야기를 먹고, 이야기 배를 만들어, 코드와 기호로 뒤덮인 이야기 세상을 여행해 보자.

8장

권정생과 북한의 아동문학

북한 작품에 대한 해금 조치(1988. 9. 17)가 발표되고 나서 남쪽에서도 북한 원전이 출판되기 시작하였다. 아동문학은 1990년대 초에 이르러서 북한 동화 작품들이 출판되기 시작하였다.

1991년에 사계절 출판사에서 『남북 어린이가 함께 보는 창작동화』와 『전래 동화』(이오덕 엮음)가 나왔고, 한 해 뒤인 1992년에 산하 출판사에서 『북한 어린이 1~5』 동화 선집(이재복 엮음)이 나왔다. 당시 사계절 출판사에서 기획한 남쪽 동화와 함께 섞여 나온 북한 동화를 읽으면서 느꼈던 설레임은 아직도 잊을 수가 없다. 작품을 통해서 무언가 막혔던 남북 아동문학의 길이 조금씩 열리는 느낌을 받았다. 어찌되었든 신선한 충격이었다. 아동문학을 공부하는 사람들이라면 당연히 남과 북을 아우르는 아동문학사를 생각하지 않는 사람은 없을 것이다. 북한 동화가 세상에 나오기 시작한 해가 1990년대 초이니, 몇 십 년 전쯤 일이다. 이제는 이런 이야기도 아동문학사의 한 부분으로 남게 되었다.

　북한 동화 선집을 엮을 때 나에게는 두 가지 숙제가 있었다. 큰 틀에서는 남과 북을 아우르는 아동문학사의 그림을 그리는데, 두 가지 문제가 겹쳐 있었다. 하나는 일제 강점기 계급주의 문학잡지에 대한 연구가 필요한데, 이 잡지를 구할 수가 없었다. 두 번째는 북한 동화를 대중들에게 소개하고, 이 동화를 같이 공유하면서 남쪽에서도 북한 동화에 대한 토론을 불러일으키는 일이었다.

　1990년대 초반에 있었던 해금 조치로 생겼던 북한 동화 원전 출판의 붐은 북한의 아동문학 관련 일차 자료를 세상에 내놓아서 아동문학 하는 사람들에게 북한 동화가 남쪽의 아동문학사에 다시 편입해 들어오는 하나의 계기를 만들었다.

　당시 이오덕 선생님이 계급주의 아동문학 잡지가 있을 지 모르니 부산 이주홍 선생님 댁을 한번 찾아가 보라고 하였다. 선생님은 고인이 됐지만, 서가는 그대로 보존되어 있어 다행히 서가 구석에서 많은 잡지를 찾아볼 수가 있었다. 이때 얻은 계급주의 잡지인 「별나라」, 「신소년」을 바탕으로 해서 나는 당시 『우리 동화 바로 읽기』(한길사, 1995)란 책을 쓸 수가 있었다. 북한자료 센터에 근 일 년 가까이 출근하다시피 해서 당시 센터에 소장하고 있던 북한 창작동화 또한 수집할 수가 있었다. 그걸 바탕으로 동화 선집 5권을 엮어 낸 것이고, 그때의 생각을 정리해서 『우리 동화 바로 읽기』를 낼 때 북한 아동문학 부분에 대한 장을 짧게라도 쓸 수가 있었다. 이런 일들은 모두 1990년대 초반의 일들이다.

이후로 북한 아동문학에 대한 연구들이 많이 진행되었는데 내가 가장 즐겁게 읽은 북한 아동문학 관련 연구서는 『북한의 아동문학』(원종찬, 2012)이다. 일차 비평 자료를 꼼꼼하게 잘 정리해 주었고, 북한 아동문학이 지금의 주체문학에 이르는 길을 매우 명쾌한 언어로 잘 설명해 주었다. 북한 문학에 관심을 가진 분들은 다들 한번 일독을 하면 좋을 것이다.

해금 조치 이후 1990년대 초반 북한 동화 출판이 이루어지고, 당시에 나온 북한 동화들은 실제 남쪽 독자들에게도 상당히 많이 읽혔다. 이후 십 년의 세월이 흐르고 2000년대 초반에 이르러 김대중 노무현 정권이 이어지면서 남과 북이 이념의 벽을 허물고 서로 왕성하게 소통하는 시기가 찾아왔다. 1990년대 말 비록 해금 조치는 되었지만, 여전히 출판을 하는 데는 까다로운 검열이 존재하던 시기와는 확연히 다른 정치적인 상황이 되었다.

계수나무 출판사에서 『북쪽에서도 아름다운 동화를 읽고 있었네 1~3』(이재철 엮음, 2003) 선집이 출판되었다. 이 책의 보이지 않는 가장 큰 특징은 북한의 조선작가동맹 중앙위원회와 정식 출판 계약을 체결하고 책을 냈다는 점이다. 이 점이 매우 신선하였다.

이 책을 출간한 계수나무 위정현 대표와, 실무를 담당했던 장정희 연구자의 이야기를 들어 보니, 당시 정치적인 상황이 그렇다 하더라도, 북한의 원전을 출판하려면 통일부의 승인을 받았어야 한다고 하였다. 조선작가동맹 중앙위원회와의 출판 계약은 연변의 신문사를 통해서 그쪽 사람들이 북한의 조선작가동맹과 연락을 해서 중간 다리를 놓아 계약서를 쓸 수 있었단다.

이런 작업 자체도 아동문학사의 관점에서 바라본다면 곱씹어 볼 필요가 있다. 조선작가동맹과 정식 계약을 맺고, 출판을 허락받는 과정 자체가 아무래도 김대중 정권의 성격이 강하게 작동하였다고 볼 수 있을 것이다. 북한의 경제 제재가 계속되는 상황이라 이런 저런 소통의 길이 힘들다고 하더라도, 북쪽의 조선작가동맹 중앙위원회든 어떤 곳이든지 간에 소통을 해서 남쪽과 북쪽의 작가가 함께 만나는 기획을 한번 시도해 봐도 좋을 것이다.

비록 제안을 해서 그것이 막히더라도, 이런 제안을 위해 남쪽에서 아이디어를 나누고 하는 과정, 남과 북이 함께 할 수 있는 다양한 프로그램을 기획해 보는 과정 자체를 축적해 나가는 경험은 나중을 위해서도 필요하다.

2003년 12월, 노무현 정부 때 북한을 다녀왔다. 한겨레 통일 문화 재단에서 북쪽에 학용품 공장을 지어 주는 대신 이쪽의 요구는 남과 북의 어린이들이 같이 읽을 수 있는 동화책을 공동으로 발간해 보자는 것이었다. 이 기획의 추진을 위해서 통일문화재단 사람들과 한겨레 출판부 사람들 그리고 그림 자문을 하기로 한 박재동 선생과 글 자문을 하기로 한 나, 이렇게 여럿이 함께 방문을 하였다. 남쪽의 작가가 쓴 글에는 북한 화가가 그림을 그리고, 북쪽 작가가 쓴 글에는 남쪽 화가가 그림을 그린다는 큰 틀에서의 기획과 함께, 먼저 첫 권으로는 창작동화보다는 남과 북이 함께 공유할 수 있는 옛이야기 재화한 내용을 책으로 만들기로 하였다.

그래서 우선 남쪽의 대표 작가로 권정생 선생님(이하 존칭 생략)께 부탁을 하여 4편의 옛이야기 원고를 받아서, 북으로 가기 전에 먼저 이 내용을 전달해 주었다.

　설레는 마음으로 순안 공항을 거쳐 평양 고려호텔에 도착한 뒤에, 다음 날 북쪽 작가들과 이 기획을 두고 논의를 시작하였다. 체제를 서로 달리하는 남과 북에서 어린이들을 위한 책을 만든다는 것은 학용품 공장을 짓는 것보다 훨씬 어려운 일이었다. 공장은 어떻게 뚝딱 지울 수도 있겠지만, 정신 놀이의 영역인 책은 오히려 같이 만들어 내기가 힘들었던 것이다.
　협의 과정에서 권정생의 옛이야기를 읽은 북쪽의 작가는 "인식 교양에 조금 문제가 있다."는 지적을 해 주었다. 나는 이 말에 눈이 번쩍 뜨였다. 남쪽의 대표작가인 권정생의 작품이 북쪽 작가의 눈에는, 이들도 북쪽에서는 매우 높은 명망을 가진 일급의 작가들인데, 인식 교양에 조금 문제가 있는 작품으로 보였던 것이다.

　실제 논의를 하는 과정에서는 작품을 놓고는 세부 이야기를 나눌 수가 없었다. 대남사업을 하는 담당자의 입김이 가장 세게 작용을 해서, 아쉽게도 기획에 도움을 주기 위해 나온 북쪽 작가들의 이야기는 많이 들을 수가 없었다. 평양에 가기 전에는 지금 활동하고 있는 북한 아동문학작가들, 적어도 동화 선집을 만들 때 글로만 익숙하게 봐 왔던 작가들의 명단을 만들어 이들의 근황은 어떻고, 이들의 삶은 어떤지 시간이 나면 묻고 하려 했는데 그런 이야기는 꺼낼 수도 없었다. 너무나 아쉬운 시간이었다. 몇 번의 쉬는 시간을 거치면서 남과 북에서 어떻게 내용을 채우고, 책을 만들 것인지 논의를 하였지만 접점을 찾기가 쉽지 않았다. 어찌 되었든 권정생 선생님이 재화를 해 준 4편의 작품에 대해 인식 교양에 문제가 있다는 지적은 나에게도 높은 벽으로 느껴졌는데, 이 인식 교양이 서로 다른 부분을 놓고 남과 북의 작가들이 어떻게 대화를 해야 할 것인가, 아마도 이것이 앞으로도 북한 작가들과 만나 소통을 할 때 가장 어려운 문제가 될 것이다.

체제를 달리하는 남과 북의 작가들이 써 내는 작품들이 서로 인식 교양이 다르다고 판단된다면 그 다름의 확인도 중요하고, 다름도 하나의 차이로 인정하고 대화를 시작해야 할 텐데, 그 출발점을 어떻게 잡아야 할 것인가?

그럼 권정생이 재화해서 보내 준 4편의 옛이야기 가운데 북쪽에서 인식 교양에 문제가 있다고 지적한 작품으로 추측되는 작품을 한번 살펴보도록 하자. 협의 과정에서 북쪽 작가들이 어떤 작품이 인식 교양에 문제가 있다고 구체적으로 작품을 거론하지는 않았다. 그렇긴 하지만, 작품을 읽어 보면 다음 두 작품이 문제가 되지 않을까 싶어서 우선 이 작품을 중심으로 이야기를 해 보도록 하겠다.

권정생이 남과 북의 어린이들이 함께 읽어보면 좋겠다고 생각하여 재화해 준 옛이야기는 모두 4편이었다. 「닷발 늘어져라」, 「만석꾼 대감님」, 「똑똑한 양반」, 「업이하고 가재하고」, 이렇게 4편이다. 참고로 이 작품은 북한과의 협상 과정이 진척이 안 되어, 그냥 묵혀 두고 있다가, 시간이 흘러 권정생이 2007년 세상을 떠나고 난 뒤, 다시 2년 후인 2009년에 한겨레 출판사에서 이 원고를 놓고 고민하다가 남과 북에서 공동으로 내기는 어려운 상황이니 그럼 일단 남쪽에서라도 어린이들에게 읽히자는 취지로 출판을 하였다. 『닷발 늘어져라』, 『똑똑한 양반』, 이런 제목으로 권당 2편씩을 한 책으로 묶어서 출판하였다.

이 네 작품이 어떤 면에서 인식 교양에 문제가 있다고 한 건지 내 나름대로 생각을 해 보았는데 일단 제목에서도 금방 드러나듯이 「만석꾼 대감님」 이 한 편을 집중해서 토론을 해 보면 좋겠다.

「만석꾼 대감님」의 이야기는 이렇게 시작된다. 줄거리를 요약하면 이렇다.

옛날에 부자 농사꾼 대감님이 있었는데, 이 만석꾼 대감님은 부자이면서도 머슴들하고 똑같이 헌 옷을 입고 논밭에 나가 일을 한다. 만석꾼 대감은 일을 할 때 보면 누가 머슴인지 주인인지 알 수가 없다. 머슴들과 같이 일을 할 때 대감을 찾으려면 눈으로는 찾을 수가 없다. 대감님 하고 부르면 돌아보는 사람이 주인 대감인 것이다. 대감님은 마음씨도 착해서 머슴들이나 이웃집 사람들과도 한 식구처럼 지낸다.

어느 한 해 그 해는 아주 풍년이 들어 곡식이 곳간에 가득 찼는데, 걱정이 하나 생겼다. 곳간마다 쥐가 들끓어 많은 곡식을 축내고 있었던 것이다. 일꾼들은 대감님에게 쥐 때문에 큰일이니 쥐를 쫓아내야 하겠다고 말하지만, 대감님은 막무가내 그냥 내버려 두라 하였다. 일꾼들은 곡식을 먼 곳으로 옮겨 놓고 곳간에 불이라도 질러서 쥐를 다 죽게 하자고 해도 대감님은 그것들도 살기 위해 세상에 태어났으니 그러면 안 된다고 하였다. 아무리 곡식이 귀하긴 하지만 목숨만큼 귀하지는 않다는 것이다.

곳간에서는 쥐들이 자기네 세상을 만나서 장가도 가고 새끼 치며 살아가고 있던 어느 날, 대감님이 막 잠이 들었는데 밖에서 쥐들이 이리저리 뛰며 울부짖는 소리가 들려 일어났다. 쥐들이 환한 달빛이 비추는 마당에서 길게 줄을 서더니 대감님에게 자꾸 절을 하였다. 대감님에게 얼른 나오란 듯이 뒷걸음치듯 절을 해서 한발 한발 쥐를 따라 나오고, 온 식구들에게 이런 구경거리가 어디 있느냐며 다 보라고 해서 결국 쥐들이 집 밖으로 까지 식구들을 다 끌고 나가자마자, 그때 지진이 일어나서 집이 폭삭 무너져 버리고 말았다.

쥐 때문에 목숨을 구하게 되었다는 일종의 동물 보은담의 성격이 강한 이야기이다.

왜 권정생은 이 이야기를 재화한 것일까. 어떤 상징의 의미를 전달하고 싶었던 것일까. 책을 읽는 사람에게 작품은 일종의 마음의 연못에 던져진 돌멩이와 같다. 작품은 읽는 과정에서 내면 현실이라 할 수 있는 마음의 한 가운데 떨어지며 무수한 감정의 파도를 일으킨다. 이 파문의 깊이와 넓이에 대해서 각자의 내면 언어로 이야기하는 작업이 바로 문학을 감상하는 시간이 될 것이다.

「만석꾼 대감님」은 시작 부분만 봐도 매우 흥미로운 설정임을 알 수 있다. 이 글을 재화한 때가 2003년 11월로 되어 있다. 권정생은 2007년에 세상을 떠났으니, 세상을 떠나기 네 해전의 일이다. 권정생은 북쪽 아이들에게 이야기를 들려주는데, 그 많고 많은 이야기 가운데 왜 만석꾼을 주인공으로 삼은 것일까? 이 원고를 북으로 보내기 전에 살펴 보면서도 만석꾼 이야기를 택한 이유가 무엇인지 많은 생각을 해 보았으나 당시에는 답을 찾기가 쉽지 않았다.

　만석꾼이라는 지주 계급에 해당하는 존재가 나오는데, 흥미로운 점은 이 지주 계급이 계급갈등을 일으키지 않고, 오히려 머슴들하고 똑같이 헌옷을 입고 논밭에 나가 일도 같이 하는 것이다.

　권정생은 이 작품에서 일단 크게 두 가지를 꿈꾸지 않았을까. 하나는 남쪽의 체제에 대한 비판의 의미가 있다. 권정생은 계급은 존재하지만 계급 갈등은 없는 세계를 꿈꾼 것이 아닐까. 그러니까 한 예를 들어서 자본을 독점하고 위계의 상층부에서 사는 사람들이 자신이 쌓은 부를 내려놓으면서 힘겹게 사는 사람들과 함께 나누는 이상 세계를 꿈꾸었을 것이다. 그래서 이 작품은 부의 편중이 심하게 일어나는 남쪽 체제에 대한 비판의 의미가 먼저 들어 있다고 볼 수도 있다.

　지금 시점에서 볼 때 만석꾼 대감 이야기에는 남쪽 자본주의 체제에서 벌어지고 있는 신자유주의 경제 체제의 결과물이라 할 수 있는 계급갈등과 세대 간의 갈등을 냉철하게 바라보게 하는 분명한 상징의 의미가 들어 있다. 「만석꾼 대감님」 이야기를 통해 세대 갈등과 계급 갈등이 중첩된 남쪽의 현실에 자본을 재배치하는 상상력의 방향을 제시한 것이라 볼 수 있다.

남과 북의 작가들이 서로 소통을 할 때, 아니면 남과 북을 아우르는 아동문학사를 쓸 때 어떤 자세로, 어떤 시각으로 문학사를 기술해야 할까.

　앞 글에서도 수차례 되풀이하였지만, 이 말은 너무나 의미가 있어서 자꾸 들어도 나는 좋다고 생각한다. 해러웨이가 하는 말을 여기서 한 번 더 들어 보자.

　하나의 작품을 놓고도 남과 북의 작가들은 서로가 기반하고 있는 체제에서 오는 양립할 수 없는 대립의 관점을 통과해야만 하는 아이러니한 상황을 피해갈 수는 없다. 이런 아이러니는 걸림돌이 아니라, 존재를 바라보는 철학적인 관점에서 통찰해 보는 지혜가 필요할 것이다.

　"아이러니는 변증법을 통하더라도 더 큰 전체로 통할 수 없는 모순에 관한 것이며 양립할 수 없는 것들이 모두 필연적이고 참되기 때문에 그대로 감당할 때 발생하는 긴장과 관계가 깊다. 아이러니는 유머이며 진지한 놀이다. 일종의 수사학적 전략이자 정치의 방편인 아이러니는 사회주의 페미니즘에서 더 존중받을 필요가 있다." (『해러웨이 선언문』, 17쪽.)

　남과 북의 아동문학이 서로 소통을 하기 위해서는 유머와 진지한 놀이 정신이 절대적으로 필요할 것이다. 하나의 정해진 답이 있는 것이 아니라, 답이 없는 것을 전제로 해서 그 긴장감을 즐겨야 한다. 차이 자체가 걸림돌이 아니라 오히려 차이가 있기 때문에, 그 긴장감에서 이야기꾼의 욕망이 자극을 받아 스토리텔링이 가능하게 된다는 유머러스한 놀이 정신의 힘이 필요하다. 남쪽의 작가들이 북쪽의 작가들과 소통하는 기획을 할 때에도 심각할 필요 없이 좀 유러머스한 다양한 기획을 해 볼 수 있지 않을까. 구체적인 내용은 많은 작가들의 상상력과 아이디어를 공모해 봐도 좋을 것이다.

  권정생은 이 「만석꾼 대감님」을 통해서 인간과 자연이 함께 공존하는 대칭성의 신화적인 세계를 또한 강조하고 있다. 인간과 쥐가 서로 생명의 존엄성 같은 권리를 인정하는 쪽으로 존중해야만 한다는 것인데, 그 예를 쥐를 통해 보여 주는 것 또한 매우 의미가 있다. 이런 이야기는 일종의 근대 우화가 감당하고 있는 도식적인 선악의 관점에 바탕한 사고 체계를 넘어서고 있다. 북한의 창작동화들이 근대 기획의 일부라 할 수 있는 근면 성실의 정신을 내세운 동물 우화를 기본으로 하는데, 이런 우화에 대한 사고의 전환이 필요하지 않을까 싶다.
  「똑똑한 양반」 같은 작품은 게으른 총각이 꾀를 내세워 여러 번의 교환 과정을 통해서 많은 돈과 결혼할 여자를 데리고 집으로 돌아오는 이야기이다. 이런 이야기도 지금의 북한 체제를 지탱하는 근면 성실의 근대 기획의 계몽적 가치관에는 잘 어울리지 않는 이야기라 할 수 있을 것이다. 권정생은 많은 이야기들 가운데에서도 만석꾼 이야기를 불러들이고, 게으른 총각을 불러들여서, 이들이 행복한 결말로 가는 이야기를 들려주었다. 아마도 이러한 이야기가 북쪽의 작가들에게는 인식 교양에 문제가 있는 걸로 들릴 수도 있겠지만, 오히려 남쪽의 아이들에게는 위계의 상층부에 진입하기 위해 잠깐의 쉴 틈도 없는 아이들 일상에 브레이크를 거는 의미로 해석할 수도 있을 것이다. 게으름의 철학을 통해서 빠르게 돌아가는 자본의 시간을 늦추고 사물화 되어 가는 자신의 내면세계를 돌아볼 수 있는 계기를 주는 것이라고 볼 수도 있다.

권정생은 북쪽과 함께 읽는 동화를 선택할 때 이중의 의미로 읽힐 수 있는 이야기를 선택한 것이 아닐까 싶다. 남과 북 양쪽의 체제에 공동으로 현실적인 비판의 의미가 있는 이야기를 선택한 것이다.

남과 북의 아동문학을 아우르는 담론 토론에 나설 때 개인의 권력으로 또는 자본의 권력으로 이런 담론을 사적 소유화하려는 사람들은 경계해야 한다. 소수자의 자리에서 일자의 권력이 아닌, 하나의 답을 추구하는 쪽이 아니라 답 없는 아이러니 자체를 삶의 조건으로 여기고 즐기는 유머러스한 놀이 정신도 필요할 것이다.

　북한을 방문하고 와서도 나는 북한 방문 이야기를 한 적이 없다. 글로 정리를 해서 기록으로라도 남기기 위해 써 보면 어떨까 싶었는데 당시 남쪽 아동문단 상황이 여의치 않아 그 마음도 접고 말았다. 비록 당시 노무현 정권 들어서 남과 북이 서로 소통하려는 에너지가 좋았던 시기이긴 하지만, 일단 북한의 아동문학이 현재에 이르기까지 체제 내에서의 과정에 대한 세부 연구가 부족하였다. 그 부분에 대한 내 나름의 고민이 해결되지 않았다. 이런 문제도 있었고, 또한 2003년 당시 내가 관여하던 남쪽 아동문단에서도 이런 저런 문제가 생겨서 서로에 대한 믿음이 깨어진 상태이기도 했기 때문에, 북한을 방문해서 얻은 이야기를 어디에 발표하고, 남과 북의 작가들이 서로 소통하는 길을 모색해 보자는 제안 자체도 하기 힘든 상황이었다.
　이런 저런 다양한 이유들이 있어서 그냥 입을 다물고 있었는데, 아주 많은 시간이 흐른 뒤이기 때문에 이제는 이런 이야기를 해도 소통의 진정성을 함께 나눌 수 있지 않을까 싶다.
　권정생은 세상을 떠나면서 자신이 남긴 인세는 북한의 어린이들을 위해 써 달란 유언을 남겼다. 부디 앞으로 북한의 아동문학과 소통하는 길을 여는 데 많은 작가들이 앞장서 주기를 기대해 본다.

나오며

강의를 여러 번 해 보았는데, 아직도 두려운 대상이 있다. 아이들이다. 그림책을 두 권 내고 나서 가뭄에 콩 나듯이 일 년에 한두 번 그림책 읽어달란 부탁을 받을 때가 있다. 이때마다 망설여진다. 가야 하나 말아야 하나.

예전 어느 도서관에서 그림책 읽어달라는 부탁을 받은 적이 있다. 그림도 제대로 그리지 못하는 나로서는 아이들과 그림 작업을 하는 것도 힘들고, 아이들 앞에 선다는 것이 두렵기만 하였다.

걱정만 하다가 별 대책도 없이 아이들을 만나러 갔다. 여러 학년 아이들이 30여 명 모여 있었다. 보조하는 사서 선생님도 사무실과 강의실을 왔다 갔다 하느라 집중해서 아이들을 관리할 수도 없었다. 순전히 내 힘으로 아이들이 몰입하게 해야 하는데, 나로서는 역부족이었다. 이야기를 들려주는 시간은 어떻게 어르고 달래고 하면서 가까스로 지나갔는데, 그림을 그리는 과정에서 결국 일이 터지고 말았다. 몇 아이들이 벌써 작품을 다 했다고 여기 저기 장난치며 다니는데, 통제 불가능이었다. 거기다가 문가에 앉은 아이 쪽에서 싸움이 벌어졌다. 화장실을 가려고 나가는데, 한 아이가 발을 걸어 넘어졌다는 것이다. 그래서 시비가 붙은 모양이었다. 발을 건 아이는 일부러 그런 게 아니라, 자기는 원래 그림을 그릴 때 발을 이렇게 쭉 내밀고 있다는 것이다. 저 아이가 내민 발에 와서 걸려 넘어진 것이지, 자기가 건 것은 아니라는 주장이었다. 싸움이 일어나서 울고불고 하는데, 어떻게 할 방도가 없었다. 어찌어찌 정해진 시간을 채우고 사서 선생님께 그저 미안하다는 말만 남기고 도서관을 빠져 나오는데 아주 격렬한 전쟁터에서 겨우 살아나온 기분이었다.

이런 경험이 있고 나서, 얼마 전 잘 아는 선생님으로부터 그림책을 읽어 달라는 부탁을 받았다. 아이들이 몇 명 안 되고, 본인도 같이 있으니까, 걱정하지 말고 오라 하였다. 학년은 일 학년 한 반이었다. 시간도 한 시간이었다. 교실에 갔더니 선생님이 미리 아이들 책상을 다 붙여 앉혀 놓았다. 한눈에 들어오게 자리를 붙여 놓은 것이다. 나도 이번에는 전략을 좀 달리 하였다. 그림책에서 그림은 보여 주지만, 글은 그대로 읽을 것이 아니라, 장면마다 이야기를 덧붙여서 그 자리에서 스토리텔링 하듯 들려주기로 하였다. 아이들 앞에서 직접 이야기꾼의 연기를 해 보기로 단단히 마음을 먹었다.

여러분 가운데 괴물에게 잡아먹혀서, 괴물 배 속에 들어갔다 나온 경험이 있는 사람 손을 들어 보라 하였다. 손을 드는 아이가 하나도 없었다. 나는 속으로 이건 연기라는 다짐을 몇 번이나 하면서, 아주 심각한 표정을 지으면서, 아, 그럼 지금부터 내 얘기를 잘 들어 보라 하였다. 나는 여러분만 할 때 진짜 괴물에게 잡아먹혀서 배 속에 들어갔다 나온 적이 있는데, 이 그림책은 그때 경험을 그대로 그린 것이라 하였다. 그때 내가 본 장면을 기억나는 대로, 그대로 그린 거라고.

말을 마치자마자 아이들로부터 질문이 쏟아지기 시작하였다. 그게 진짜냐고 확인하는 말부터, 괴물 배 속에 들어가면 깜깜 하냐, 그런데 어떻게 보이냐, 온갖 질문이 쏟아졌다.

"괴물 배 속에 들어가면 처음에는 당연히 깜깜하지, 그런데 조금 있으면 환해져. 괴물이 무얼 잡아먹으려고 입을 아, 하고 벌리면 그때 입속으로 빛이 쏴 하고 들어와. 그러면 배 속이 갑자기 환해지는 거야."

아이들은 긴가민가하면서 내 얘기를 들었다. 중간쯤 가니까 한 아이가 엉뚱한 질문을 하였다. 갑자기 나한테 몇 살이냐는 것이다. 이때 나의 연기가 너무 지나쳤던 걸까. 갑자기 내 입에서 출생의 비밀이 있어서, 나이만큼은 알려 주기가 힘들다는 말이 흘러나왔다. 나도 내가 수습할 수 없는 말을 해 버리고 만 것이다. 그랬더니 아이들이 또 난리를 쳤다. 여러분들이 아무리 난리를 쳐도, 내 출생의 비밀만큼은 말하기 힘들어, 이렇게 말하면 말할수록 아이들은 더욱 눈을 반짝이며 온갖 괴성을 질러 댔다. 절대 얘기 못한다며 교실을 나가려고 하니까, 아이들은 문을 가로막고 말하고 가야 한다며 난리를 쳤다.

"좋다, 여러분들이 이렇게 원하는데 어떻게 말을 안 할 수가 있겠느냐."

아이들은 나를 뚫어져라 숨을 죽이고 바라보았다.

"사실은 내가 나이가 여러분처럼 8살 밖에는 안 됐어요."

그랬더니 아이들이 에이, 하면서 또 난리였다. 8살 밖에 안 됐는데 왜 그렇게 늙었느냐는 것이다.

"내가 이렇게 늙은 데는 다 이유가 있어. 내가 사실은 어디 다른 데서 좀 살다 이 지구에 온 지는 8년 밖에 되지 않았어. 지구에 온 지가 8년 밖에 되지 않아서 여러분들하고 나이가 같아요."

하였더니, 아이들은 그럼 거기가 어디냐고 온갖 질문을 쏟아냈다. 믿든 안 믿든 나는 아주 심각한 표정을 지으면서 끝까지 8살이라고 우겼다.

한 시간이 끝나고 점심 급식 시간이 되었다. 아이들이 내 손을 꼭 잡고 급식실까지 갔는데 할아버지, 할아버지 하면서 내 곁을 떠나지 않았다. 급식을 타려고 줄을 서 있는데, 수저를 미리 챙겨서 가져다주고, 식판 잡는 요령을 설명해 주고, 밥을 먹으려고 자리에 앉았는데 밥을 먹은 다음에 남은 음식은 어디에 버리고, 식기는 어디에 놓고, 물은 어디서 먹는지까지 아이들은 아주 자세하게 설명을 해 주었다. 그렇게 친절한 아이들은 처음 보았다.

그런데 아이들하고의 만남은 이게 끝이 아니었다. 그다음 주 한 주 더 돌봄 교실 아이들에게 이야기 들려달라는 부탁을 받은 것이다. 또 그러마 하고, 한 주 걸러 돌봄 교실을 찾아가는데, 나는 정말 깜짝 놀랐다.

일주일 전에 만났던 그 아이들이 복도에 나와 놀고 있었다. 그런데 나를 보자마자 일 초의 망설임도 없이, 그래도 조금 망설일 법도 한데, 어쩌면 그렇게 보자마자 "재복아~" 하고 소리쳐 부르며 달려오는 것이 아닌가!

아니 이 쪼그만 것들이, 이 늙은 할아버지에게, 감히 내 이름을, 일 초의 망설임도 없이 재복아 하면서 달려오는데, 나는 정말 어떤 충격 같은 걸 받았다. 아이들의 이 유머 감각은 도대체 어디에서 나오는 건가? 예의범절, 도덕관념을 다 떠나서 나에게 달려오는 아이들에게 나도 그냥 같이 반응하지 않을 수 없었다.

나는 아이들의 유머감각에 그냥 빨려 들어가고 말았다. 도덕 관념을 바로 뛰어넘어 버리는 저 배포와 유머 감각은, 이성의 영역을 넘어서 비이성의 영역으로 바로 달려가는 아이들의 놀이 감각은 성의 경계를 넘고 나이의 경계를 넘어서 존재 그 자체를 빨아들이는 블랙홀과 같은 에너지를 갖고 있었다. 나도 그냥 그 공간 속으로 빨려 들어가 달려오는 아이들을 안아 주었다.

그때만 생각하면 심각하던 몸이 스스로 풀리면서 아주 말랑말랑해지는 느낌이 든다. 아이들은 유머로 나의 내면을 건드려서, 무언가 내 몸의 에너지를 변화시켰다. 수많은 선생님들을 만나 왔지만, 이 아이들처럼 단칼에 내 몸을 변화시킨 선생님은 없었다.

이 사랑스런 아이들이 나눠 준 기운에 힘입어 오랜만에 책 한 권을 써 보았다.

책을 내지 않았던 십 년 동안 판타지 창작학교를 열어서 작가들과 작품 합평을 하며 많은 이야기를 나누었다. 더 심화시켜야 할 주제는 특강 형식을 빌려 집중적으로 이야기를 나누었다. 이런 과정을 거치면서 내 몸속에 생각과 말들이 쌓이고 쌓여 흘러넘치는 이야기들만 써 내려간 것인데도 글쓰기가 쉽지는 않았다.

글은 첫 문장만 읽어도 긴장감과 열정을 느낄 수가 있다. 늘어진 기타 줄로 연주하는 것처럼 김빠진 소리가 나는 문장이 있고, 조율이 잘 된 기타 줄로 연주할 때 나는 맑고 깊은 울림이 있는 문장이 있다. 할 이야기가 없어서 힘들었던 것이 아니라 문장이 스스로 리듬을 타며 음악처럼 들리지가 않아서 쓰고 또 쓰고 했던 것이다.

글을 쓰지 않던 십 년의 과정 가운데 출판놀이 운동도 시작하였다. 자본이 전제 군주 노릇을 하는 세상으로 바뀌어 가고 있다. 20대 80이니 1대 99니 하는 말을 공공연히 한다. 아무리 자본주의 세상이라 해도 이런 불평등한 세상에서 행복하기란 쉽지 않을 것이다. 코로나19로 인해 우리는 어느 때보다도 공생과 나눔의 가치를 생각하지 않을 수 없게 되었다.

글을 쓰는 사람으로서 특히 아동 청소년문학을 하는 사람의 자리에서 꼭 무슨 사명감이라기보다는 그래도 우리 아이들이 자본에 일찍부터 기가 죽어 하고 싶은 일을 미리부터 포기하는 일은 없었으면 좋겠다는 생각이 들어 하나의 상징적인 의미에서 운동을 시작해 본 것이다.

100여 명의 문학인들이 후원금을 내서, 출판사를 차리고 운영을 해 보고 있다. 매달 만 원의 기부로 아주 소박한 작은 실천운동을 해 보는 것이다. 끝 모르게 독점을 추구하는 자본주의 세상에서 공생하는 마음을 나누는 작은 실천운동을 해 보는 것이다.

　이런 운동의 연장에서 이 책도 세상에 나오게 되어 나로서는 기쁘기 그지없다. 쉽지 않은 글을 끝까지 읽어 주신 독자 여러분들께 감사 인사드린다.

2020년 11월에,

이 재 복

새로운 어린이가 온다

ⓒ 이재복 2020

초판 인쇄　2020년 11월 05일
초판 발행　2020년 11월 10일

지은이　　　이재복
편집주간　　강벼리
표지 디자인　김영민
편집 디자인　박한별
펴낸이　　　이재복
펴낸곳　　　출판놀이
등록　　　　2015년 3월 5일　757-94-00013
제조국　　　대한민국
주소　　　　서울 마포구 망원로 75-1 동남빌딩 4층
전화　　　　02) 6081-9177
홈페이지　　http://cafe.daum.net/pubnori
전자우편　　pubnori@daum.net
ISBN　　　979-11-972079-0-7　03800

이 도서의 국립중앙도서관 출판예정도서목록 (CIP)은 서지정보유통지원시스템 홈페이지
(http://seoji.nl.go.kr)와 국가자료종합목록시스템 (http://www.nl.go.kr/kolisnet)에서 이용
하실 수 있습니다. (CIP제어번호 : CIP2020044469)